ツンデレ巨乳妻

睦月影郎

双葉文庫

目次

ツンデレ巨乳妻

※この作品は２０２０年10月15日から２０２１年6月3日まで双葉社ホームページ（http://www.futabasha.co.jp/）にて連載されたもので、完全なフィクションです。

第一章　人妻を言いなりに

1

（ほ、本当かよ。信じられない……！）

史郎《しろう》は、ネットで銀行の残高を見て目を丸くした。

数万円しかなかった預金に、一億円余りの大金が振り込まれていたのである。

これは宝くじであった。ネットでの申し込みなので、当選していれば勝手に振り込まれるから、当たり券を失《な》くしたり取りっぱぐれる心配もない。

年中購入しているわけではないが、藁《わら》にも縋《すが》る思いでたまたま買ったものが当たったのである。

（まず、マンションだな……）

史郎は夢ではないと確信して、真っ先に住まいのことを思った。何しろ学生時代から、このアパートに二十年も住んでいるのだ。

（あんなバイトも辞めてやる。時給千円でコキ使われる生活とはおさらばだ！）

彼は思った。

入江《いりえ》史郎は三十九歳、大学を出てから作家を目指して持ち込みを続けていたが芽が出ず、それでも短いコラムなどは載せてくれるようになっていた。

もちろんそれだけでは食えないので、近くにある食品メーカーの倉庫で雑用のバイトをしていた。

その社長が高校時代の同級生、安岡俊之《やすおかとしゆき》という苛《いじ》めっ子の嫌な奴だった。

なんで嫌な奴の会社でバイトしているかというと、その妻、亜以子《あいこ》も同じく同級生で、史郎は高校時代からずっと彼女を思っていたからだ。

卒業間際に思いきって亜以子にラブレターを出したが、結局黙殺され、彼女は大学時代に俊之と付き合いはじめて結婚し、今は一児の母である。

俊之は親が社長だったので、高校時代から羽振りが良く、それなのに史郎に金をせびっていたものだ。

史郎は、それでも未《いま》だにたまに顔を見る亜以子の面影《おもかげ》でオナニーに耽《ふけ》っていた。

結婚する気もなく独身を続け、風俗へ行く金もない史郎は、年々色っぽくなってゆく亜以子を常に妄想オナニーのオカズにしていたのだった。

今に有名作家になって俊之や亜以子を見返してやる、と思いつつ悶々《もんもん》とした日々を送っていたが、とうとう宝くじという思いもかけない幸運が巡ってきた。

史郎の親は電機会社の社宅住まいで、もう転勤になって地方へ行ってしまった。それで彼は大学時代から六畳一間のアパートに住み続けていたのである。

とにかく彼は倉庫の主任にメールを送り、辞めることを伝えた。

すると主任から、意外な答えが電話で返ってきたのだ。

「間もなく倒産するみたいだよ。うちの総菜から黴《かび》が出たので大量に回収することが決まり、社長は自棄《やけ》になって酔っ払い運転で自爆、さっき入院したって報《しら》せがあった」

「ええっ……？」

主任の言葉に、史郎は驚いて声を上げた。

「それで、どうして辞めるの。うちの社も危ないけど、収入がなくなるだろう」

初老の主任も、史郎がろくに食えない生活だということを知っているのだ。

「え、ええ、実は親の遺産がかなり入ったもので……」

史郎は咄嗟《とっさ》に答えていた。宝くじなどと正直に言ったら周囲に言いふらされ、たかりに来る奴が必ずいるだろう。

「そう、そいつはラッキーだったな」

主任は言い、史郎も電話を切った。親はまだ生きているが、地方なので誰も確認したりしないだろう。

そういえばこの数日、バイトに行っていなかったが、その間に大変な事態になっていたようだ。

(何だか、俺の幸運と引き換えになったみたいだな……)

史郎は思い、どちらにしろ明日にも出向いて詳細を聞こうと思った。

とにかく夕食は祝いで豪遊しようと思い、アパートを出てコンビニに行った。そう、豪遊といってもその程度なのだ。

普段酒を飲む習慣はないが、今夜は缶ビール一本とワンカップ酒を買い、あとはカツ丼弁当だ。

運動部でガタイの良い俊之と違い、史郎はずっと小柄な痩《や》せ形。それでも性欲だけは強く、四十歳近くなっても、オナニーは毎晩一、二回はしていた。

部屋に戻ると、彼はインスタント味噌汁《みそしる》を作り、缶ビールを飲みながらカツ丼弁当を食った。

六畳一間には、万年床と机に本棚、ノートパソコンにテレビがある。

学生時代と違うのは、冷蔵庫が冷凍庫付きになり、電子レンジも揃《そろ》っていた。

そう、自炊が面倒なので冷凍物をチンするだけの食生活だった。

あとはバストイレだけで、一応シャワートイレになっている。

缶ビールとカツ丼を空にし、彼はカップ酒を飲みながら亜以子を思った。

（あの、冷静で優等生だった亜以子も、さすがに落ち込んでるだろうな。安岡はどうなってもいいが、亜以子が気の毒だ……）

史郎は、亜以子の美しい顔を思い浮かべながら激しく勃起《ぼっき》してきた。

やがてカップ酒を飲みきれず蓋《ふた》をして冷蔵庫へ入れると、彼は灯《あか》りを消して布団に横になった。

もちろん寝しなのオナニータイムだ。

ネットのエロ画像などで抜くこともあるが、高校時代からこの二十年余り、やはり亜以子の面影が、妄想の最多出場者であった。

高校時代は清楚な美少女でテニス部、大学はたまたま俊之と同じで交際が始まり、妊娠して学生結婚。

恐らく亜以子は、俊之以外の男を知らないだろう。

もちろん羽振りの良い俊之は、多くの女がいるに違いない。

(罰《ばち》が当たったんだ。なんて好《い》い気味)

史郎はヒヒヒヒと笑いながら、勃起したペニスをしごきはじめた。

社で事務を手伝っている亜以子と顔を合わせても、彼女は笑顔一つ見せず、同窓生という懐かしさすらおくびにも出さない。

元より史郎のことを、無謀な片思いをしてきた小物と蔑《さげす》んでいることだろう。

(ああ、そんな冷たい目で見ながら、踏んだり唾《つば》をかけたりしてほしい……)

史郎はマゾヒスティックな興奮に包まれながら、右手の動きを速めた。

四十歳を目前にした亜以子は、もちろん美少女の面影はなく、上品でお高い奥様になっていた。

その美貌は衰《おとろ》えることなく、しかも俊之には勿体ないほどの巨乳で、尻も豊満、透《す》けるような色白の熟《う》れ肌《はだ》をしていた。

史郎は、亜以子の全裸を想像しながら、たちまち絶頂を迫らせ、飛び散らないよう亀頭にティッシュを巻いてオナニーを続行した。

「い、いく……。亜以子……!」

彼は口走り、絶頂の快感に貫《つらぬ》かれてしまった。そしてありったけのザーメンを絞《しぼ》り尽くすと、力を抜いて呼吸を整え、股間を拭《ふ》くとそのまま眠りに就《つ》いたのだった……。

——そして翌朝、史郎は冷凍物の朝食を終え、徒歩で安岡食品へ出向いた。

工場は稼動しておらず、倉庫にも誰もいなかった。どうやら臨時休業にして、今後の対策を練っているのだろう。

事務所へ行くと、亜以子が一人でいた。

「あ、どうしました。バイトを辞めようと思って言いに来たのですが」

声をかけると、亜以子が小さく頷《うなず》き、応接用のソファをすすめ、珍しく彼女自ら茶を淹《い》れてくれた。

「主任から聞いたと思うけど、どうやら回収の負債や、事故の賠償額が大きくて、やっていけそうもないわ……」

「そうですか……」

史郎が答えると、亜以子は用意してあったらしい、彼への未払いのバイト料を出してくれた。

どうせ今月の半端分で、三、四万ほどだから、それぐらい出せるのだろう。彼もすぐに伝票にサインをした。

「それで、主任から聞いたのだけど、親御さんの遺産が入ったのですって？」

やはり、あのお喋りな主任は亜以子に言ったらしい。

「いえ、あれは嘘です。まだ二親《ふたおや》は元気なので。金は宝くじが当たったのです」

「まあ、いくらぐらい？」

亜以子が向かいに座り、身を乗り出して訊《き》いてきた。

「一億ちょっとですけど、マンションでも買います。誰にも内緒にしてください ね。それより、彼の容態《ようだい》は？」

「い、一億……。いえ、うちの人の怪我《けが》は肩と胸の骨折で、全治四カ月ぐらいと いうことだけど……」

亜以子が、やや混乱しながら言った。内心では、いっそ死んでくれた方が保険 金が入ったのにと言わんばかりである。

自損事故で他に怪我人は出なかったようだが、住宅をかなり壊したらしい。

亜以子も、俊之の酒癖と女癖の悪さに辟易《へきえき》していた節《ふし》があった。まして先代の 頃は活気があったが、俊之の代になると不景気で、だいぶ業績も傾《かたむ》いているらし い。

「では、僕はこれで」

もっと亜以子の顔を見て話していたかったが、彼女もすることが多くあるだろうと、彼も辞すことにした。

そしてアパートに戻った史郎は、久々に亜以子と話せた悦《よろこ》びに股間が熱くなったが、まだ昼間なのでオナニーは控え、ネットで近所にある良さそうなマンションを検索したのだった。

すると、一時間ほどして、なんと亜以子がいきなり彼のアパートを訪ねてきたのだった。

2

「とにかく中へどうぞ」

史郎は言い、亜以子を部屋に招き入れた。

そして彼女に椅子をすすめ、自分は万年床に座った。

亜以子は相変わらず表情は変えないが、やや青ざめ、緊張しているようだ。

緊張は史郎も同じである。

何しろ亜以子が、いや女性がこの部屋に入ったのは初めてのことなのだ。

彼女が来ただけで室内が明るくなり、生ぬるく甘ったるい匂いも立ち籠《こ》めはじめた。

「いきなり済みません。実は……」

亜以子は、高校時代の同級生という親しみなど込めず、あくまで事務的に口を開いた。

「お金ですね？　いくらぐらい必要なのですか」

史郎は先に切り出した。亜以子が訪ねてきた理由など他にないだろう。

「え、ええ……、二千万ほど貸してほしいのですが……」

亜以子は俯《うつむ》き、思いきって言った。

「もちろん無理ですね。僕はもうバイトを辞めたのだし、貸してほしいと言っても絶対に返せないでしょう」

「いえ、必ず返します」

「それは返す気があるというだけで、現実的には無理に決まってます」

史郎は、生まれて初めて亜以子より優位に立った気持ちで言い、痛いほど股間が突っ張ってきてしまった。

こんなことなら、隠し撮り用にビデオカメラでもセットしておくのだったが、何しろアポ無しで来られたので、そんな暇《ひま》はない。

「では……」

「ええ、貸すことは出来ないけど、差し上げることなら出来ます」

「え……？」

亜以子が顔を上げ、史郎も美しい顔を眩《まぶ》しく感じながらしっかりと見つめ合った。

「その代わり、貴女《あなた》を好きにさせてください。僕が高校時代から貴女を好きだったのは知っているでしょう」

思いきって言うと、彼女は少し睨《にら》み、またすぐに俯いた。

「い、一度きりですか……」

亜以子が、唇を噛《か》んで言う。

「とんでもない。高級ソープでもせいぜい十万しないでしょう。二千万なら二百回はさせてもらわないと」

「そんな……」

亜以子がまた顔を上げて睨んだ。やはり笑顔より、怒ったり深刻な表情の方が美貌が増す気がした。

「た、宝くじなんて、あなたの力によるものじゃないでしょう……」

「奴だって、ただ親の金でのうのうと遊んで社長になっただけでしょう。さあ、今ここで一時間ばかり言いなりになってくれれば、今日のうちに五百万は振り込みます。あとはまた来たとき順々に。それが無理ならお帰りください」

史郎が言うと、しばし亜以子は俯いて硬直していた。

負債と事故の賠償と、まだ女子大に入ったばかりの娘もいるし、他に当てがない以上、あとは決断するだけである。

「わ、分かりました……。暗くしてください。シャワーをお借りします……」

とうとう悲痛な決心をして、亜以子が言った。緊張と嫌悪感に、甘ったるい体臭が濃くなったようだ。

「多少暗くするけど、シャワーは後回しでです。貴女のナマの匂いを知るのが長年の憧《あこが》れだったので。では脱ぎましょう」

史郎は言って立ち、玄関ドアをロックしてからカーテンを引いた。少しは薄暗くなったが、キッチンの窓にカーテンはないので、女体観察は充分に出来るだろう。

先に服を脱ぎはじめると、とうとう亜以子も意を決し、ブラウスのボタンを外しはじめた。そして脱いでいくうち、白い熟れ肌が露《あら》わになってゆき、服の内に籠もっていた熱気が解放され、さらに濃厚な匂いが室内に籠もっていった。

（夢じゃないんだ。まさか亜以子を抱ける日が来るなんて……）

史郎は舞い上がりながら全裸になり、先に万年床に横になって脱いでいく亜以子を見つめた。

彼女も、意を決したとなるとあとはためらいなくスカートを下ろし、ブラを外して下着一枚になった。その最後の一枚を、背を向けて脱いでいくので彼の方に白く豊満な尻が突き出された。

（い、いきそう……）

その眺めだけで史郎は激しく高まり、勃起したペニスを震わせた。

やがて一糸《いっし》まとわぬ姿になると、亜以子は胸を隠して怖《お》ず怖《お》ずと振り返った。

「じゃここに寝て」

彼が言うと、亜以子も頰《ほお》を強《こわ》ばらせて添い寝してきた。

史郎は興奮を抑《おさ》えながら彼女の腕をくぐり、甘えるように腕枕してもらった。

目の前では巨乳が息づき、史郎はそろそろと手を這《は》わせながら、彼女の腋《わき》の下に鼻を埋め込んだ。

「く……」

亜以子がビクリと肌を強ばらせ、小さく呻《うめ》いた。史郎は生ぬるく湿ったスベスベの腋に籠もる、何とも甘ったるい汗の匂いにうっとりと酔いしれた。

「いい匂い」

思わず言いながら、指先でクリクリと乳首をいじったが、亜以子は喘《あえ》ぎ声を洩《も》らしたら負けとでも思っているように、じっと奥歯を噛み締めて堪《こら》えていた。

彼は充分に嗅《か》いでから移動し、チュッと乳首に吸い付いて舌で転がし、もう片方の愛撫《あいぶ》も続けた。

顔中を柔らかな膨《ふく》らみに押しつけて感触を味わい、もう片方も含んで舐め回したが、亜以子は頑《かたく》なに息を詰めているだけだ。

史郎は左右の乳首を味わってから、白く滑《なめ》らかな肌を舐め下り、形良い臍《へそ》を探り、張りつめた下腹にも顔を埋めて弾力を味わった。しかし股間には向かわず、豊満な腰のラインから脚を舐め下りていった。

割れ目を舐めたり嗅いだりしたら、すぐ入れたくなってあっという間に済んでしまうだろう。それより、長年憧れていた亜以子の肉体を隅々まで味わい、肝心な部分は最後に取っておこうと思った。

丸い膝小僧《ひざこぞう》を舐め、滑らかな脛《すね》から足首まで下りると、彼は足裏に回り込み踵《かかと》から土踏まずを舐めた。

形良く揃った足指の間に鼻を割り込ませて嗅ぐと、そこは生ぬるい汗と脂《あぶら》に湿り、蒸れた匂いが濃く沁《し》み付いていた。

やはり緊張しながらここへ来るまでに、相当汗ばんでいるのだろう。

彼はムレムレの匂いを充分に嗅いでから、爪先にしゃぶり付き、順々に指の股に舌を挿《さ》し入れて味わった。

「あう……！」

亜以子が呻き、ビクリと反応した。

史郎は足首を摑《つか》んで押さえつけ、両足とも味と匂いが薄れるほど、全ての指の間を貪《むさぼ》り尽くした。

「じゃ、うつ伏せになってね」

顔を上げて言い、足首を持って捻《ひね》ると、すぐに亜以子もゴロリと寝返りを打ってくれた。史郎は踵からアキレス腱、脹《ふく》ら脛《はぎ》から太腿《ふともも》、尻の丸みを舌でたどると、腰から滑らかな背中を舐め上げていった。

「く……」

顔を伏せたまま亜以子が呻いた。背中は、それなりに感じる場所なのだろう。

ブラの痕《あと》は汗の味がし、肩まで行くとアップにした髪に鼻を埋めて甘い匂いを嗅いだ。

さらに蒸れて湿った耳の裏側も嗅いで、舌を這わせた。

そして再び背中を舐め下り、たまに脇腹に寄り道してから白く豊満な尻に戻ってきた。

うつ伏せのまま股を開かせて腹這《はらば》い、指でムッチリと谷間を広げると、奥には薄桃色の蕾《つぼみ》がひっそり閉じられていた。

史郎はしばし見惚《みほ》れ、可憐《かれん》な蕾に鼻を埋め込むと、豊かな双丘《そうきゅう》が顔中に密着し、蕾に籠もる蒸れた匂いが鼻腔《びこう》を刺激した。

尻の感触と匂いを味わってから、チロチロと舌を這わせて襞《ひだ》を濡らし、ヌルッと潜《もぐ》り込ませて滑らかな粘膜を探ると、

「ああ……、駄目……」

亜以子が驚いたように声を洩らし、肛門でキュッときつく舌先を締め付けてきた。

史郎は執拗《しつよう》に舌を蠢《うごめ》かせ、淡く甘苦い微妙な味わいを堪能《たんのう》してから顔を上げた。

「じゃ、仰向《あおむ》けに」

言って腰を押すと、彼女もノロノロと再び仰向けになってくれた。

大股開きにさせ、白くムッチリと張りのある内腿《うちもも》を舐め上げ、股間に迫っていくと、籠もっていた熱気と湿り気が顔中を包み込んできた。

見ると、ふっくらした丘には黒々と艶《つや》のある恥毛《ちもう》が程よい範囲に茂り、肉づきが良く丸みを帯《お》びた割れ目からは、ピンクの陰唇《いんしん》が縦長《たてなが》のハート形にはみ出していた。

興奮に震える指先で陰唇を左右に広げると、中も綺麗なピンクの柔肉《やわにく》で、うっすらと潤《うるお》いはじめていた。

花弁状に襞の入り組む膣口《ちつぐち》が妖《あや》しく息づき、ポツンとした尿道口もはっきり確認でき、包皮《ほうひ》の下からは小指の先ほどもあるクリトリスが、真珠色《しんじゆいろ》の光沢《こうたく》を放ってツンと突き立っていた。

(とうとう亜以子のここまで辿《たど》り着いた……)

史郎は感激と興奮に包まれながら目を凝《こ》らし、やがて吸い寄せられるように顔を埋め込んでいった。

柔らかな茂みに鼻を擦《こす》りつけて嗅ぐと、生ぬるく蒸れた汗とオシッコの匂いが鼻腔を刺激し、舌を挿し入れると淡い酸味を含んだヌメリが迎えた。

彼は夢中になって匂いを貪り、膣口の襞をクチュクチュ掻《か》き回して味わいながら、柔肉をたどりゆっくりとクリトリスまで舐め上げていった。

3

「アァッ……！」

史郎がクリトリスを舐めると、亜以子がビクッと顔を仰《の》け反《ぞ》らせて熱く喘いだ。

やはり、いくら声を洩らすまいと堪えていても、最も感じる部分を舐められたら否応《いやおう》ないのだろう。

彼は上の歯で包皮を剝《む》き、完全に露出したクリトリスを舌先で弾《はじ》くようにチロチロと執拗に舐めた。

「く……！」

亜以子は両手で顔を覆《おお》って呻いたが、溢《あふ》れる愛液の量が増し、内腿でムッチリと彼の両頰《りょうほほ》を挟み付けてきたので、激しく感じていることは確かだった。

もう俊之とも滅多に夫婦生活などしていないだろうから、いかに日頃から冷徹な態度を取っていたとしても、相当に欲求が溜《た》まっているはずである。

史郎はクリトリスを愛撫しては溢れるヌメリをすすり、さらに指も押し込んで小刻《こきざ》みに内壁を擦った。

天井のGスポットの膨らみも指の腹で圧迫しながらクリトリスを吸うと、

「あう……！」

亜以子が膣内を締め付けて呻き、顔を挟む内腿にキュッと力を込めた。

なおも舌と指の刺激を続けていると、

「ダ、ダメ……！　ああッ……！」

彼女が声を上ずらせ、ガクガクと小刻みな痙攣《けいれん》を繰り返した。

あるいは強制的に、小さなオルガスムスに達してしまったのかも知れない。

やがてグッタリと放心状態になったので、彼は指と舌を引き離し、股間から這い出して添い寝した。

そして彼女の手を握って股間に引き寄せ、勃起したペニスに触れさせた。

「いじって……」

言うと、朦朧《もうろう》としながらも彼女は汗ばんだ手のひらにやんわりと包み込み、ぎこちなくニギニギと動かしてくれた。

「ああ、気持ちいい……。亜以子さんもお口で可愛がって……」

史郎は仰向けになって言い、彼女の顔を股間へと押しやった。

亜以子も素直にノロノロと移動し、大股開きになった彼の股間に腹這い、美しい顔を股間に迫らせてきた。

史郎は両脚を浮かせて彼女の顔に尻を突き出し、両手で谷間をグイッと広げた。

「ここから舐めて」

言うと少しためらいつつ、亜以子は嫌々舌を伸ばし、チロチロと彼の肛門を舐めはじめてくれた。

(ああ、こんな日が来るなんて……)

どうにも家も会社も困窮しているので、もう史郎には逆らえないのだろう。

史郎は感激と快感に包まれて思いながら、

「中にもベロ入れて」

言うと、亜以子もヌルッと舌を潜り込ませてくれた。

「あう、気持ちいい……」

史郎は呻き、美女の舌先を味わうように、肛門でモグモグと締め付けた。

熱い鼻息が陰嚢《いんのう》をくすぐり、亜以子は必死に我慢しながら内部で舌を微妙に蠢かせてくれ、彼は申し訳ないような快感を心ゆくまで味わった。

やがて脚を下ろすと亜以子も自然に舌を引き離し、

「タマタマしゃぶって」

彼が言うと、彼女も陰嚢に舌を這わせてくれた。

ここもゾクゾクするような快感があった。

亜以子は股間に熱い息を籠もらせながら、舌で二つの睾丸《こうがん》を転がし、袋全体を生温かな唾液《だえき》にまみれさせた。

「ここも……」

言って、せがむように幹をヒクヒク上下させると、さらに亜以子は前進し、肉棒の裏側を舐め上げてきた。

滑らかな舌が先端まで来ると、彼女もすっかり自棄になったように、言われる前から粘液の滲《にじ》む尿道口を舐め回し、張りつめた亀頭にしゃぶり付いた。

「ああ、奥まで入れて……」

息を弾《はず》ませて言うと、亜以子も丸く開いた口で、スッポリと喉《のど》の奥まで呑《の》み込んでくれた。生温かく濡れた美女の口腔《こうこう》に包まれ、彼は快感に幹を震わせ、夢のような快感を嚙み締めた。

するとの亜以子は熱い鼻息で恥毛をそよがせ、幹を締め付けて吸い、口の中ではクチュクチュと舌を蠢かせはじめた。

どうせ嫌なことなら、早く果てさせて済まそうという気になったのかも知れない。

彼も快感を高めながらズンズンと小刻みに股間を突き上げると、

「ンン……」

亜以子が喉の奥を突かれて呻き、自分も合わせて顔を上下させ、濡れた口でスポスポとリズミカルな摩擦を繰り返してくれた。

温かな唾液に彼自身がたっぷりとまみれると、ジワジワと絶頂が迫ってきた。

亜以子の口を汚《けが》したい衝動にも駆られたが、やはり最初は一つになりたい。

どうせ、続けて出来るぐらいの性欲は有り余っているのである。

「もういい、跨《また》いで上から入れて」

言うと亜以子もスポンと口を離し、そろそろと前進して彼の股間に跨がってきた。

そして幹に指を添えて先端に割れ目を押し当て、位置を定めると息を詰め、眉《まゆ》をひそめて決意しながら、ゆっくりと腰を沈み込ませていった。

張りつめた亀頭が潜り込むと、あとは重みと潤いで、ヌルヌルッと滑らかに根元まで呑み込まれた。

「あう……！」

完全に座り込み、股間を密着させると亜以子はビクッと顔を仰け反らせ、奥歯を嚙み締めて呻いた。

（とうとう一つに……！）

史郎は感激と快感に包まれながら、肉襞《にくひだ》の摩擦と締め付け、熱いほどの温もりと大量の潤いを味わった。

じっとしていても、息づくような収縮がペニスを味わっていた。

上体を反らせたまま、亜以子は巨乳を揺すり、熱い息遣《いきづか》いを繰り返している。

史郎が両手を伸ばして抱き寄せると、彼女もゆっくり身を重ねてきた。

彼は両膝を立てて豊満な尻を支え、下からしがみつきながら唇を重ねていった。

「く……」

また亜以子は嫌そうに眉をひそめて呻き、彼は舌を挿し入れて滑らかな歯並びを左右にたどった。

すると亜以子も、やはり言われる前に歯を開き、彼の舌の侵入を許した。舌をからめると、生温かな唾液に濡れた美女の舌が怖ず怖ずとからみつくように蠢き、何とも心地よい感触を伝えてきた。

堪《たま》らずにズンズンと股間を突き上げはじめると、

「アア……！」

亜以子が口を離し、淫《みだ》らに唾液の糸を引きながら熱く喘いだ。

愛液だけは嘘をつかず大量に溢れ、たちまち律動《りつどう》がヌラヌラと滑らかになっていった。

そしてピチャクチャと淫らに湿った音が聞こえてくると、

「ダ、ダメ……」

亜以子が無意識に口走ったので、やはり心に反して肉体が反応しはじめたようだった。

膣内の収縮が活発になり、溢れたヌメリが彼の陰嚢の脇を伝い流れ、肛門の方まで生温かく濡らしてきた。

彼女の喘ぐ口に鼻を押し付けて嗅ぐと、熱く湿り気ある吐息は白粉《おしろい》のような甘い刺激を含み、史郎の鼻腔をうっとりと掻き回した。

「唾を垂らして……」

囁《ささや》くと、亜以子は嫌悪感に顔をしかめながらも懸命に唾液を分泌《ぶんぴつ》させ、形良い唇をすぼめてクチュッと吐き出してくれた。

それを舌に受けて味わい、小泡の多い生温かな粘液で彼は喉を潤した。

「顔にも強くペッって吐きかけて」

「そ、そんなこと出来ないわ……」

さらにせがむと、亜以子がさすがにためらいを見せて答えた。

「好きでも何でもない相手だから出来るでしょう。どっちにしろ、貴女は何も拒《こば》めないのだから」

言うと彼女も悲痛な決意をして唾液を溜め、息を吸い込んで止めて迫るなり、強くペッと吐きかけてくれた。

「ああ……」

史郎は顔中にかぐわしい息を受け、生温かな唾液の固まりを鼻筋にピチャッと受けて喘いだ。それは頬の丸みを伝い、ほのかに匂いながらトロリと流れた。

その興奮に、彼は突き上げを強めて絶頂を迫らせた。

「ね、嘘でもいいから、この世でいちばん好きって言って」

「う、嘘と分かってて嬉しいの……？」

「うん！」

彼が勢いよく答えると、亜以子は逡巡《しゅんじゅん》しながらも、ようやく口を開いてか細く言った。

「こ、この世でいちばん好き……」

「アア、嬉しい！」

史郎は彼女の顔を引き寄せ、激しく舌をからめながら股間を突き上げ、たちまち昇り詰めてしまった。

「く……、気持ちいい……！」

彼は大きな絶頂の快感に貫かれながら呻き、熱い大量のザーメンをドクンドクンと勢いよくほとばしらせ、柔肉の奥深い部分を直撃した。

すると、射精の噴出を感じた途端、まるでオルガスムスのスイッチが入ったように、亜以子がガクガクと狂おしい痙攣を開始したのだった。

4

「アアッ……、ダメ……！」

亜以子が声を上ずらせて喘ぎながら、いつまでも痙攣を繰り返した。

史郎は心ゆくまで快感を嚙み締め、最後の一滴まで出し尽くしていった。

すっかり満足しながら徐々に突き上げを弱めていくと、

「ああ……」

亜以子も熟れ肌の硬直を解き、声を洩らして力尽きるようにグッタリと彼にもたれかかってきた。

膣内はいつまでもキュッキュッと収縮し、まるで久々のペニスを味わっているかのようだった。

その刺激で射精直後のペニスがヒクヒクと過敏に跳ね上がり、

「あう……」

そのたびに彼女も敏感になっているように呻き、幹の震えを押さえつけるようにキュッと締め付けてきた。

史郎は身を投げ出して美女の重みと温もりを受け止め、熱い白粉臭の吐息を間近に嗅ぎながら、うっとりと快感の余韻《よいん》に浸《ひた》り込んでいった。

やはり風俗やオナニーでは得られない、絶大な快感であった。しかも相手は、長年思い続けてきた亜以子なのである。

やがて荒い息遣いも整わぬうち、亜以子はそろそろと股間を引き離した。そのまま横になるかと思ったが、もう済んだのだからとばかりに懸命に力を入れて立ち上がった。

「シャワー借りるわ……」

言うので史郎も起きて一緒にバスルームに入り、シャワーの湯を出して先に手早くペニスを洗ってからノズルを渡してやった。

亜以子はしゃがみ込んで湯を浴び、隠すように指で股間を洗った。

もちろん史郎は、一回の射精で終わるはずもなく、湯に濡れた美熟女の肌を見るうちムクムクと回復していった。

洗い終えた亜以子が立ち上がると、

「こっちを向いて」

史郎は床に座ったまま言い、背を向けている彼女を向き直らせた。

「まだ何か……」

「また勃《た》っちゃったからね、まだ付き合ってもらうよ。ここに足を乗せて」

言いながら彼女の片方の足を浮かせ、バスタブのふちに乗せさせると、帰れると思っていた亜以子は小さく嘆息《たんそく》しながらも言いなりになった。

開かれた股間に顔を埋めて舐めると、もう悩ましい匂いの大部分は消えてしまったが、それでも新たな愛液に舌の動きがヌラヌラと滑らかになった。

「ね、オシッコ出して」

ピンピンに勃起しながら言うと、亜以子がビクリと身じろいだ。

「そ、そんなことさせたいの……？」

「うん、少しでいいから出して」

史郎は言い、なおも舌を這わせ続けた。

亜以子も逆らえず、懸命に下腹に力を入れて尿意《にようい》を高めた。どうせ、しなければ終わらないと悟っているのだろう。

彼女は何度も息を詰めて苦しげに吐き出していたが、それでも徐々に柔肉が迫《せ》り出すように盛り上がり、温もりと味わいが変化してきた。

「く……、出るわ……」

亜以子が言うなり、チョロチョロと熱い流れがほとばしってきた。

それを舌に受けて味わうと、実に味も匂いも淡く上品なもので、薄めた桜湯《さくらゆ》のように抵抗なく喉を通過した。

「アア……」

否応なく放尿《ほうにょう》に勢いがつくと、彼女は熱く喘ぎ、ガクガクと膝を震わせ、フラつく身体を支えるように両手で彼の頭に手をかけた。

口から溢れた分が彼の胸から腹に温かく伝い流れ、すっかり回復しているペニスが心地よく浸された。

それでも、あまり溜まっていなかったか、ピークを過ぎると急激に勢いが衰え、間もなく流れは治《おさ》まってしまった。

なおも史郎は余りの雫《しずく》をすすり、残《のこ》り香《が》の中で割れ目を舐め回した。

「も、もうダメ……」

亜以子が言って足を下ろし、力尽きたようにクタクタと座り込んだ。

それを支えて椅子に座らせ、もう一度互いの全身にシャワーの湯を浴びせた。

立たせて身体を拭き、また全裸のまま布団に戻っていった。

添い寝して熱烈に唇を重ねると、亜以子も諦《あきら》めたように熱い息を弾ませて舌をからめてくれた。

史郎も生温かな唾液と吐息を味わいながら亜以子の手を握り、ペニスに導くと、彼女もやんわりと包み込んでニギニギと動かしはじめてくれた。

もう一度射精させれば、さすがに今度こそ帰れると思ったのだろう。

「顔中ヌルヌルにして……」

口を離して高まりながら言うと、亜以子も舌を這わせ、彼の鼻筋から頰を舐め回してくれた。舐めるというより、吐き出した唾液を舌で塗り付ける感じで、たちまち史郎の顔中は美熟女の唾液でパックされたようにヌルヌルにまみれた。

彼は亜以子の口に鼻を押し込み、かぐわしい白粉臭の刺激を胸いっぱいに嗅いで絶頂を迫らせた。

「お口でして」

言うと亜以子も移動し、大股開きになった真ん中に腹這い、嫌々顔を寄せてきた。

そして新たな粘液の滲む尿道口にチロチロと舌を這わせ、張りつめた亀頭にしゃぶり付いてくれた。

「深く入れて」

いちいち指示すると、彼女もスッポリと喉の奥まで吞み込み、熱い鼻息で恥毛をくすぐった。

史郎がズンズンと小刻みに股間を突き上げると、

「ンン……」

亜以子も熱く鼻を鳴らしながら、喉を突かれるのを避けるように合わせて顔を上下させ、濡れた口でスポスポと強烈な摩擦を繰り返してくれた。

ここまでくれば、どうせ口に出されることも覚悟したようで、あとは早く済ませるため彼女はリズミカルに愛撫を続け、たまにクチュクチュと舌をからめてくれた。

史郎は、まるで美女のかぐわしい口に全身が含まれているような錯覚《さっかく》の中、急激に昇り詰めていった。

「い、いく、飲んで……！」

二度目の快感に貫かれながら口走り、彼はありったけの熱いザーメンをドクンドクンと勢いよくほとばしらせてしまった。

憧れの美女の口を汚すというのは、何という快感であろうか。

「ク……！」

喉の奥を直撃され、亜以子が顔をしかめて呻き、それでも摩擦と舌の蠢きは続行してくれた。

「ああ、気持ちいい……」

史郎は快感を味わい、心置きなく最後の一滴まで出し切ると、満足しながら突き上げを止めていった。

グッタリと身を投げ出すと、亜以子も摩擦を止め、亀頭を含んだまま我慢しながら、口に溜まったザーメンをゴクリと一息に飲み干してくれた。

「あう……」

喉が鳴ると同時に口腔がキュッと締まり、彼は駄目押しの快感に呻いた。

ようやく亜以子が口を離すと、眉をひそめながら溜息をついた。

「舐めて綺麗にして……」

荒い呼吸と動悸《どうき》を続けながら彼が言うと、亜以子も幹に指を添え、尿道口に膨らむ余りの雫までヌラヌラと舐め取ってくれた。

「く……、も、もういい。有難う……」

やがて全て綺麗に舐め取られると、史郎はヒクヒクと過敏に幹を震わせ、腰をくねらせながら言った。

そして彼女の手を握って引き寄せ、添い寝して腕枕してもらいながら、巨乳に抱かれて呼吸を整えた。

亜以子の吐息にザーメンの生臭《なまぐさ》さはなく、さっきと同じ甘く上品な匂いがしていた。

「もういいでしょう……」

「うん、じゃ一緒に出て振り込みをするから」

彼が答えると、亜以子は腕枕を解いて立ち上がり、洗面所で何度も口をすすいだ。

その間、史郎は机の下を見ながら、

(今度来たときは、あの辺りにビデオカメラを仕掛ければ盗撮できるか……)

と思うのだった。

やがて二人で身繕《みづくろ》いをし、史郎は彼女とラインの交換をしてからアパートを出た。

そして一緒に銀行に行き、彼女の口座に五百万振り込んでやったのだった。

「一度には無理？」

「ああ、全部受け取ると、あとは有耶無耶《うやむや》にされそうだからね」

「じゃ次も五百万？」

「それだと四回で終わってしまうからね。次の額はそのときの気分で決めるよ」

「では、いつ？」

亜以子が訊いてくる。もう、一度してしまったのだから、あとは少しでも早く全額もらいたいのだろう。

「しばらくは余韻に浸りたいので、またラインするから待ってて」

「どうかなるべく早くお願い……」

亜以子は、心とは裏腹のことを言い、やがて帰っていった。

それを見送ると、浮かれ気分のまま史郎は不動産屋へと行き、マンションの良い物件を相談したのだった。

5

「入江さん、うち辞めたんですって？」

史郎が買い物を終え、アパートへ戻ろうとすると可憐な声で呼び止められた。

史郎が、亜以子を抱いた日の翌日で、まだ彼は余韻に浸っていた。

見ると、亜以子の娘、女子大生で十九歳になったばかりの美鈴《みすず》ではないか。

ショートカットで笑窪《えくぼ》が魅力の、今どき珍しく真面目で爽《さわ》やかな娘である。しかしブラウスの胸は、亜以子に似て豊かになる兆《きざ》しが窺《うかが》えた。

美鈴は、もちろん史郎が両親の同窓生というのは知っているが、特に彼が亜以子に熱烈な片思いをしていたということまでは知らない。そして彼女もたまに社に顔を出してバイトしていたので、史郎とも雑談する程度の仲ではあった。

(まだ処女かも知れないな……)

史郎は思い、まだ少女の面影を残す美鈴でも狂おしいオナニーに耽っていたものだった。

まあ、あの憎い俊之の種《たね》ではあるが、何しろ美しい亜以子の膣口から生まれ出てきた子なのである。

「どうして辞めたんです？　他に良い仕事が見つかったとか？」

「いや、親の遺産が入ってきてね、急に懐《ふところ》が暖かくなったんだ。そこの駅前のマンションも、昨日契約したんだよ」

「わあ、すごいわ」

言うと、美鈴は感嘆《かんたん》の声を洩らし、生ぬるく甘ったるい匂いを揺らめかせた。

マンション契約は本当で、間もなく古アパートを出て、五階にある3LDKの部屋に移ることになっている。

ただアパートの部屋で、もう一回ぐらい亜以子を呼んでセックスしようと思っていた。引っ越し前で雑然としていた方が、隠し撮りしやすいだろう。

「そうだ、いま引っ越し前の断捨離《だんしやり》中なんだけど、好きな本でも持っていくかい。どうせ捨ててしまうものばかりだから」

史郎が、国文科の美鈴に言うと、

「わあ、これから見に行ってもいいですか」

すぐ乗り気になってきた。

今は女子大の帰りで、今日はバイトの予定もないらしい。

「うん、じゃ行こうか」

彼は促《うなが》し、美鈴と一緒にアパートへと向かった。

もちろん美鈴は彼の部屋に来たことはないが、両親の友人ということで、何の警戒心も抱いていないようだ。

「パパは大丈夫かい？」

「ええ、怪我の方は大したことないのだけど賠償金なんかでガックリしているみたい」

「そう」

「パパは嫌い。大きなことばかり言って、浮気もしまくって、急に落ち目になるとママに我《わ》が儘《まま》ばかり言って」

美鈴が言う。横暴な俊之のことだから、亜以子に金を作ってこいとでも言っているのだろう。

やがてアパートに着き、美鈴を招き入れると、何のためらいもなく上がり込んで本棚を見回した。

「すごいわ。欲しいものがいっぱいありそうだわ」

美鈴が目を輝かせ、背表紙を眺めながら言った。

昨日の亜以子の熟れた匂いとは違い、室内には思春期の体臭が生ぬるく立ち籠めはじめていた。

「いくらでも選ぶといいよ。重いだろうから、まとめて宅配便で送ってあげる。捨てる分が減ると僕も助かるんだ」

史郎が言い、空いた段ボール箱を出してやった。

「本当ですか」

美鈴も嬉しげに答え、どんどん本を取り出しては箱に入れていった。

ミステリーや時代物、評論や紀行など、美鈴もあらゆるジャンルに興味があるようだ。

（出来るかな……）

史郎はムクムクと勃起しながら、彼女が本棚に身体を向けている隙《すき》に、机の下にそっとビデオカメラをセットし、万年床に向けてスイッチを入れておいた。

やはり身持ちの堅い亜以子が落ちたことで、史郎はすっかり自信がついてしまったのだろう。

そして亜以子の血を引いた美鈴も、性への熱い好奇心で胸を膨らませ、きっと亜以子のように感じやすい肉体をしているのではないだろうか。

そんなことを思ううち、彼は痛いほど股間を突っ張らせてしまった。

やがて箱がいっぱいになると、彼女は蓋を閉めて向き直った。

「じゃ、これだけ頂きますね」

「うん、まだあるなら、また来るといいよ」

「有難うございます」

顔を上げた美鈴に椅子をすすめ、彼は万年床に座った。

「遺産って、いっぱい入ったんですね……」

美鈴が、急に神妙な様子になって言う。

「ああ、マンション買ってもずいぶん余るよ」

「出来れば入江さん、ママの相談に乗ってもらえないでしょうか」

「うん？　ママにお金を貸してやってほしいのかな？」

史郎は、妖しい期待を抱きながら訊いてみた。もちろん、いきなり狼藉《ろうぜき》など働けないから、美鈴が納得する方向へ持っていくのが一番良い。

「ええ。パパの負債のためじゃなく、離婚したあとのママの身の振り方の資金に」

「そんな状況なの？」

「だってパパは、ママに熟女系の風俗に働きに行けなんて言ったんです」

「それはひどい」

「もうママも愛想を尽かしただろうから、私と一緒に家を出ることも考えはじめてると思います」

美鈴の言葉が本当なら、亜以子は俊之の賠償金や社の立て直しなどではなく、自立のための金を史郎に求めたのかも知れない。

「それに私にまで、ブルセラに下着とか売れないか、処女だから高く買ってもらえるだろうなんて言って」

今どきブルセラショップがあるかどうかは分からないが、とにかく俊之はなりふり構わず金を集めたがっているのだろう。

「困った奴だなあ……」

「昔から、あんなでしたか」

「ああ、僕なんか高校時代からずいぶん苛められたからね」

「それなのに今も付き合ってるんですね？」

「いや、不景気で他のバイトがなかったから頼んだんだ。もちろん亜以子さんは良い人だから、彼に助言して雇ってくれたのだろうけどね」

「でも、今はお金持ちになった入江さんの方が立場は上なんですね」

美鈴が言い、縋るように史郎を見た。

スカートから伸びる脚はムッチリと弾力がありそうで、股間の奥にはオナニーしているであろうクリトリスが、ひっそり隠れているのだろう。

「うん、分かった。近々亜以子さんに会って、いろいろ相談に乗ってみることにするよ」

「本当ですか。お願いします」

すでに亜以子からの相談には乗っているのだが、彼が言うと美鈴は嬉しげに答えた。

「ところで、さっきのブルセラの話の中に、処女って言葉が出たけど、本当に？」

史郎は、気になっていたことを訊いた。

「ええ、まだ誰とも付き合ったことないんです……」

美鈴が答えた。

中高生の頃からエスカレーター式の女子校ばかりだったし、まだ一年生で他の大学の男子との合コンなどもないのだろう。

「じゃ好きな人は？」

「いません。ただ、出来ればパパとは正反対の優しい人で、うんと年上の人が好きなんです……」

彼は脈がありそうで、さらにペニスは勃起を増した。美鈴も、援助を求めてそうした言い方になったのかも知れないが、史郎にしてみれば、秘密を保って彼女と出来れば良いのである。

「じゃ、初体験への好奇心はある？　もし僕としてくれたら、ママの幸せのために一肌脱ぐからね」

史郎も交換条件のように嫌らしく言うと、彼女は小さくこっくりした。

「じゃしてみようか、嫌だったら途中で言えばいいから」

史郎は言うなり、気が急《せ》くように立って玄関へ行き、内側からドアをロックし、カーテンを引いた。

もちろん少々薄暗くなっただけで、隠し撮りには何の支障もないだろう。

「じゃ、脱ごうね」

「あの、シャワーを……。今日は体育もあったし、まだ浴びていないから……」

「あ、僕はさっき身体を流したばかりだから大丈夫だからね。それにせっかくの処女なら、ナマの匂いを味わいたいんだ」

史郎が言って服を脱ぎはじめると、美鈴も羞恥《しゅうち》にためらいながら、頰を強ばらせて立ち上がり、ブラウスのボタンを外しはじめていった。

可憐で真面目で爽やかな娘だが、その内心は母親のことを心配し、ずっと心を痛めていたのだろう。

やがて美鈴が羞《は》じらいながら、そろそろとブラウスとスカートを脱ぐと、さらに服の内に籠もっていた熱気が、甘ったるい匂いを含んで漂った。

史郎は先に全裸になって待機し、美鈴もソックスを脱いでブラを外し、とうとう最後の一枚も脱ぎ去ってしまった。

そして撮られていることも知らず、彼に誘われるまま布団に仰向けになっていったのだった。

第二章　女子大生の好奇心

1

「ああ、恥ずかしい……」

美鈴が、十九歳の奇跡的に無垢《むく》な肌を晒《さら》して喘《あえ》いだ。

史郎は興奮に胸を震わせて彼女に迫った。

長年の憧《あこが》れである亜以子を相手にしたときも激しい緊張と興奮に見舞われたが、美鈴はその亜以子の娘なのである。

母娘のどちらに触れても、憎き俊之への復讐という意味合いも含まれて激しく勃起力《ぼっきりょく》が増した。

しかも四十歳を目前にして、二十歳《はたち》前の処女に触れられるなど、今までの自分の人生を思えば夢にも実現できないことであった。

美鈴は目を閉じ、両手で胸を押さえながら小刻《こきざ》みに肌を震わせて身を投げ出していた。

史郎は細かな観察を後回しにし、まずは彼女の足先に回り込んで迫ると、両手で押し包むように足首を摑《つか》んで浮かせ、足裏に顔を押し付けていった。

「あん……」

美鈴がビクリと反応し、か細く声を洩《も》らした。最初に触れられる部分が意外で、驚いたのだろう。

彼は踵《かかと》から土踏まずに舌を這《は》わせ、縮こまった指の間に鼻を押し付けて嗅《か》いだ。

体育の授業があったと言うだけあり、そこは生ぬるい汗と脂《あぶら》にジットリと湿り、ムレムレの匂いが昨日の亜以子以上に濃く沁《し》み付いていた。

(ああ、処女の足の匂い……)

史郎は感激と興奮に包まれながら思い、蒸れた匂いを嗅ぎまくってから爪先にしゃぶり付いた。

そして指の股にヌルッと舌を割り込ませて味わうと、

「あう、ダメです、そんなこと……!」

美鈴が呻《うめ》き、クネクネと身悶《みもだ》えた。

構わず足首を摑んで押さえ、史郎は全ての指の股に舌を挿《さ》し入れて味わい、もう片方の足も味と匂いが薄れるまで貪《むさぼ》り尽くしてしまった。

「アア……」

彼女はくすぐったさと羞恥《しゅうち》に身を震わせ、ようやく彼が口を離すと、グッタリとなって声を洩らした。

史郎は美鈴の股を開かせ、脚の内側を舐め上げていった。

内腿《うちもも》は白く滑《なめ》らかで、ムッチリとした思春期の張りに満ちていた。

弾力ある肌を思いきり嚙《か》んでみたい衝動を抑《おさ》えながら股間に迫ると、籠《こ》もっている熱気と湿り気が顔中に感じられた。

見ると、ぷっくりした神聖な丘には楚々《そそ》とした若草が淡く恥ずかしげに煙《けむ》り、割れ目からはピンクの小振りの花びらが僅《わず》かにはみ出していた。

そっと指を当てて左右に広げると、

「く……」

触れられた美鈴がビクリと内腿を震わせて小さく呻いた。

ピンクの柔肉《やわにく》が丸見えになり、全体がうっすらと清らかな蜜に潤《うるお》っていた。

羞恥以上に、好奇心により濡れはじめているのだろう。

目を凝《こ》らすと、無垢な膣口《ちつぐち》が細かな襞《ひだ》を息づかせ、小さな尿道口も確認できた。そして包皮《ほうひ》の下からは、小粒のクリトリスもツンと顔を覗かせている。

もう堪《たま》らずに顔を埋め込み、柔らかな恥毛《ちもう》に鼻を擦《こす》りつけると、生ぬるく蒸れた汗とオシッコの匂いが混じり合い、悩ましく鼻腔《びこう》を掻《か》き回してきた。

そして舌を這わせ、陰唇《いんしん》の内側に挿し入れていくと、柔肉は淡い酸味のヌメリに満ちていた。

膣口を探り、ゆっくりクリトリスまで舐め上げていくと、

「アアッ……！」

美鈴がビクッと顔を仰《の》け反《ぞ》らせて熱く喘ぎ、内腿でキュッときつく彼の両頬《りようほほ》を挟み付けてきた。

可愛い匂いを貪りながら、チロチロと小刻みにクリトリスを舐めると、格段にヌメリが増していった。

さらに彼女の両脚を浮かせ、尻の谷間に迫ると、可憐《かれん》な薄桃色の蕾《つぼみ》がひっそり閉じられていた。

鼻を埋め込むと、顔中に弾力ある双丘《そうきゆう》が密着し、蕾に籠もった蒸れた匂いが鼻腔を刺激してきた。

充分に嗅いでから舌を這わせ、細かに収縮する襞を濡らし、ヌルッと潜《もぐ》り込ませて滑らかな粘膜を探ると、

「あう、ダメです、そこ……！」

美鈴が呻き、キュッと肛門できつく舌先を締め付けてきた。

史郎は舌を蠢《うごめ》かせて粘膜を味わい、ようやく脚を下ろして再び割れ目を舐め回すと、大量の清らかな愛液が舌の動きをヌラヌラと滑らかにさせた。

「も、もう……、いきそう……」

美鈴が嫌々をして言った。どうやら、クリトリスオナニーによる絶頂は知っているのだろう。

このまま舐めて果てさせたい気持ちもあるが、まず彼は一度挿入《そうにゅう》して感触を味わいたかった。

舌を引っ込めて身を起こし、股間を進めていった。急角度にそそり立っている幹に指を添えて下向きにさせ、濡れた割れ目に先端を擦りつけて潤いを与えた。

美鈴もすっかり覚悟を決め、そのときを待つように神妙に身を投げ出していた。

やがて充分に先端が濡れると、彼は位置を定めてゆっくり挿入していった。

亀頭が潜り込むと、処女膜が丸く押し広がる感触が伝わり、

「あう……!」

美鈴が眉《まゆ》をひそめて呻いた。

しかし母親に似て愛液の量は充分なので、そのまま彼自身はヌルヌルッと滑らかに根元まで潜り込んでいった。

さすがに締め付けはきつく、中は熱いほどの温もりに満ちていた。

史郎は股間を密着させ、初めて処女を征服した感激に包まれながら、脚を伸ばして身を重ねていった。

すると美鈴も、支えを求めるように下から両手を回し、激しくしがみついてきた。

まだ動かず、彼は屈《かが》み込んでピンクの乳首にチュッと吸い付き、顔中で膨《ふく》らみを味わいながら舌で転がした。

しかし美鈴の全神経は、股間の破瓜《はか》の痛みに集中しているようで、乳首への反応は特になかった。

史郎は左右の乳首を交互に含んで舐め回し、さらに腕を差し上げて腋《わき》の下にも鼻を埋め込んで嗅いだ。

生ぬるく湿ったスベスベの腋にも、濃厚に蒸れて甘ったるい汗の匂いが悩ましく沁み付いていた。

彼は美少女の体臭を貪って胸を満たし、白い首筋を舐め上げた。

「痛かったら止《よ》すからね」

「いえ、大丈夫です……」

気遣って囁くと、美鈴が健気に答えた。

じっとしていても、異物を確かめるように息づく膣内の収縮に、彼もジワジワと高まってきた。

そして上からピッタリと唇を重ねると、

「ンン……」

美鈴が小さく呻き、熱い息が彼の鼻腔を湿らせた。

舌を挿し入れて滑らかで綺麗な歯並びを左右にたどり、ピンクの引き締まった歯茎《はぐき》まで探ると、彼女も怖《お》ず怖《お》ずと歯を開いて侵入を受け入れた。

口の中に潜り込み、生温かな唾液《だえき》に濡れた舌を探ると、彼女も徐々にチロチロと滑らかにからみつけてくれた。

史郎は美少女の唾液のヌメリと舌の感触に堪らなくなり、様子を探りながら徐々に腰を突き動かしはじめた。

「アア……」

美鈴が唇を離し、顔を仰け反らせて熱く喘いだ。

その口に鼻を押し付けて熱い息を嗅ぐと、それはまるでリンゴかイチゴでも食べた直後のように、可愛らしく甘酸っぱい匂いが濃く含まれ、悩ましく鼻腔を満たしてきた。

（ああ、美少女の吐息……）

史郎は可愛らしい刺激に小鼻を膨らませて味わい、徐々に律動《りつどう》を速めていった。

きつい膣内の大量の愛液で、徐々に動きが滑らかになり、クチュクチュと湿った音も聞こえてきた。

彼女も、すっかり痛みが麻痺《まひ》したようで、ぼうっと上気《じょうき》した顔で熱い息遣いを繰り返していた。

しかし、史郎はここで果てることをためらった。

まだまだしてみたいことや、してもらいたいことが山ほどあるのだ。

「じゃ一度離れるね」

彼は言って動きを止めると、身を起こしながら、名残惜《なごり》しいままゆっくり引き抜いていった。

「ああ……」

ヌルッと引き抜けると、美鈴が声を洩らして力を抜いた。

「中に出しても平気です。ピル飲んでいるので……」

美鈴が息を弾《はず》ませて言った。もちろん避妊のためではなく、生理不順の解消のため服用しているのだろう。

「うん、まだ勿体ないからね」

史郎は答え、処女を失ったばかりの彼女の股間に顔を寄せて観察した。

陰唇を指で開いて見ても、長く乱暴に動いたわけではないので、特に出血は認められなかった。

「じゃ、一度シャワー浴びようか」

彼は言って、力の抜けている美鈴を引き起こして立たせ、一緒にバスルームに入ったのだった。

2

「じゃここに立って、足をここへ」

バスルームで身体を洗い流すと、史郎は床に座って言い、目の前に美鈴を立たせた。

そしてモジモジする彼女の片方の足を浮かせ、バスタブのふちに乗せて開かれた股間に顔を埋め込んだ。

洗ったため湿った恥毛に籠もっていた匂いの大部分は薄れてしまったが、舐めると新たな愛液が溢《あふ》れ、舌の動きがヌラヌラと滑らかになった。

「アア……」

美鈴は刺激に喘ぎ、フラつく身体を支えるため壁に手をついた。

「じゃオシッコしてね」

「そ、そんなの無理です……」

股間から言うと、美鈴がビクリと尻込みして声を震わせた。

「少しだけでもいいから」

言いながらクリトリスに吸い付くと、

「アアッ、ダメです……」

美鈴はガクガクと膝《ひざ》を震わせて喘ぎ、なおも蜜を漏らしてきた。

「す、吸うと、本当に出ちゃいそう……」

彼女が言うので、どうやら尿意《にょうい》が高まってきたようだ。

もがく腰を抱えて押さえ、舌を挿し入れていくと、濡れた柔肉が迫《せ》り出すように盛り上がり、味と温もりが変化した。

「あう、出ちゃう。離れてください……」

美鈴が息を詰めて言うなり、チョロッと熱い流れが漏れてきた。

彼女は慌てて止めようとしたようだが、いったん放たれた流れは止めようもなく、次第にチョロチョロと勢いをつけてほとばしってきたのだ。

舌に受けて味わうと、それは味も匂いも控えめで何とも清らかだった。

だから飲み込むにも抵抗がなく、史郎は美少女から出たものを取り入れながら激しい興奮に見舞われた。

「アア……、ダメ……」

立ったまま、ゆるゆると放尿《ほうにょう》しながら美鈴が喘ぎ、口から溢れた分が温かく胸から腹に伝い流れ、勃起しているペニスを心地よく浸《ひた》した。

やがてピークを過ぎると急激に勢いが衰《おとろ》え、間もなく流れは治《おさ》まってしまった。

史郎は余りの雫《しずく》をすすり、残《のこ》り香《が》の中で舌を這い回らせると、たちまち溢れる愛液に残尿が洗い流され、淡い酸味のヌメリが満ちていった。

「も、もう……」

美鈴は言って足を下ろし、クタクタと椅子に座り込んでしまった。

史郎はもう一度シャワーの湯で互いの全身を洗い流すと、彼女を立たせて身体を拭《ふ》いてやった。

全裸のまま布団に戻り、彼は仰向《あおむ》けになって股を開いた。

真ん中へ美鈴を腹這《はらば》わせると彼女は自分から好奇心に突き動かされるように、顔を寄せて熱い視線を注いできた。

「これが入ったのね……」

美鈴は言い、恐る恐る勃起した幹に触れてきた。

張りつめた亀頭も少し撫《な》でてから、手のひらでやんわりと包み込み、ニギニギと感触を確かめた。

「ああ、気持ちいい……」

史郎は、無邪気な愛撫《あいぶ》と熱い視線を感じながら喘ぎ、美少女の手の中でヒクヒクと幹を震わせた。

美鈴は幹から手を離すと陰嚢《いんのう》に触れ、二つの睾丸《こうがん》を確かめると袋をつまみ上げ、肛門の方まで覗き込んできた。

すると史郎は自ら両脚を浮かせて尻を突き出し、両手で谷間を広げた。

「ここ舐めて。少しでいいから」

言うと美鈴も、自分もされたことなのでいくらもためらわず、顔を寄せて舌を這わせてくれた。

チロチロと舌が蠢き、ヌルッと浅く潜り込むと、

「あう……」

史郎は妖《あや》しい快感に呻き、美少女の舌先を肛門でモグモグと締め付けた。

美鈴も熱い鼻息で陰嚢をくすぐりながら、内部で舌を蠢かせてくれた。中から刺激されるように、勃起したペニスがヒクヒクと上下し、粘液が滲《にじ》んだ。

あまり長いと申し訳ない気持ちになるので、適当なところで脚を下ろすと、彼女の舌も自然に離れた。

「ここも舐めて」

陰嚢を指して言うと、美鈴も袋に舌を這わせ、睾丸を転がして袋全体を温かな唾液にまみれさせてくれた。

ここも実に心地よい場所だった。

「じゃ、ここしゃぶってね」

彼が言い、せがむように幹をヒクつかせると、美鈴も前進し、肉棒の裏側をゆっくり舐め上げてきた。

まるで無邪気にソフトクリームでも舐めるように滑らかな舌が先端まで達すると、彼女は粘液が滲んでいるのも厭《いと》わず尿道口を舐め回し、張りつめた亀頭にもしゃぶり付いてくれた。

「深く入れて……」

快感を味わいながら言うと、美鈴も可憐な口を精一杯丸く開いてスッポリと喉《のど》の奥まで呑《の》み込んでいった。

生温かく濡れた美少女の口腔《こうこう》に深々と含まれ、快感に幹が震えると、彼女も舌をからませ、幹を締め付けて吸ってくれた。

「ああ、気持ちいいよ、すごく……」

史郎が喘いで言い、思わずズンズンと股間を突き上げると、

「ンン……」

喉の奥を突かれた美鈴が小さく呻き、たっぷりと唾液を出してペニスを浸してくれた。

そして合わせて小刻みに顔を上下させ、濡れた口でスポスポと強烈な摩擦を繰り返してくれた。

「い、いきそう……」

史郎は高まって口走り、このまま美少女の口を汚《けが》したい衝動に駆られたが、やはり最初の射精は一つになって行いたかった。

「いいよ、前に来て跨《また》いで」

手を引いて言うと、彼女はチュパッと軽やかな音を立てて口を離し、そのまま前進してきた。

「上から入れて」

言うと美鈴も彼の股間に跨がり、唾液に濡れた先端に割れ目を押し当て、位置を定めると息を詰め、ゆっくりと腰を沈み込ませていった。

張りつめた亀頭が潜り込むと、あとは重みとヌメリに助けられ、ヌルヌルッと

根元まで受け入れた。

「あう……!」

美鈴が眉をひそめて呻き、顔を仰け反らせながらキュッときつく締め上げてきた。

史郎も温もりと感触を味わいながら、両手を伸ばして彼女を抱き寄せた。

美鈴がゆっくり身を重ねてくると、彼は両膝を立てて尻を支えた。

「大丈夫?」

「ええ、さっきより楽で、何だか気持ちいいです……」

訊《き》くと美鈴が健気に答えた。あるいは亜以子に似て、非常に快感を得やすいのかも知れない。

史郎はズンズンと股間を突き上げ、何とも心地よい肉襞《にくひだ》の摩擦を味わいながら、彼女の顔を引き寄せてピッタリと唇を重ねた。

「ンン……」

舌をからめると美鈴が熱く鼻を鳴らし、息づくように収縮を強めた。

次第に勢いをつけて股間を突き動かすと、

「アアッ……」

美鈴が口を離して熱く喘いだ。

彼は熱く湿り気ある、甘酸っぱい吐息を嗅ぎながらジワジワと絶頂を迫らせた。

「唾《つば》を垂らして」

言うと、興奮に羞恥を忘れたように、彼女も口に唾液を溜《た》め、愛らしい唇をすぼめて迫ってくれた。そして白っぽく小泡の多い唾液がクチュッと垂らされると、彼は舌に受けて生ぬるいヌメリを味わい、うっとりと喉を潤した。

「しゃぶって……」

さらに彼女の顔を抱き寄せ、喘ぐ口に鼻を押し込んで言うと、美鈴もチロチロと鼻の頭や穴に舌を這わせてくれた。

「ああ、いきそう……」

史郎は、美少女の唾液のヌメリと果実臭の吐息を貪りながら言い、下から股間をぶつけるように激しく動いてしまった。

愛液で律動が滑らかになり、ピチャクチャと湿った摩擦音が響いた。

「く……！」

たちまち史郎は、大きな絶頂の快感に貫《つらぬ》かれて呻き、熱い大量のザーメンをドクンドクンと勢いよく柔肉の奥にほとばしらせてしまった。

「アア、奥が、熱いわ……」

美鈴が、噴出を感じたように口走った。

史郎は心ゆくまで快感を味わい、最後の一滴まで出し尽くしていった。

「ああ……」

彼はすっかり満足して声を洩らし、徐々に突き上げを弱めていった。

彼女もいつしか肌の強《こわ》ばりを解き、グッタリと力を抜いて体重を預けていた。

まだ膣内は息づくような収縮が続き、彼自身は刺激されヒクヒクと過敏に内部で跳ね上がった。

「あう、まだ動いてるわ……」

美鈴が言い、反応するようにキュッときつく締め付けてきた。

（とうとう処女を攻略してしまった。しかも亜以子の娘を……）

史郎は感慨に耽《ふけ》り、美鈴の重みと温もりを受け止めた。

そして美少女の甘酸っぱい吐息を胸いっぱいに嗅ぎながら、うっとりと快感の余韻《よいん》に浸り込んでいったのだった。

3

「いつまで、このアパートに？」

亜以子が訪ねて来て、室内を見回して言った。まだ引っ越しの片付けも終わらず、雑然としたままである。

「月末にはマンションに引っ越すよ。君がここへ来るのも今日が最後になるかも」

史郎が答えると、亜以子も小さく頷《うなず》いた。

やはり昼日中に、壁が薄くて古いアパートへ来るより、マンションを訪ねる方が気持ちが楽なのだろう。

史郎も内心では早く広いマンションに越したかったが、やはり長年住んだこの部屋で、憧れの亜以子と戯《たわむ》れる様子を撮っておきたかったのだ。

そして今も、実は机の下にビデオカメラがセットされ、万年床に向けて録画が開始されているのだ。

雑然としていた方がカメラの存在を見破られないだろうし、それに彼は、娘の美鈴を攻略した同じ部屋で、また亜以子を抱きたかったのである。

もちろんリベンジポルノになど使う気はなく、あくまで自分のオナニーライフの充実のためだ。

いかに亜以子や美鈴母娘と肉体関係を持っても、今までの習慣から、どうしても自分の性生活はオナニーがメインだと思っているのである。

「今日はいくら振り込んでくれるの」

「それはあとから、気分によって額を決めるよ。それより脱ごう」

史郎は言って自分から脱ぎはじめた。

亜以子が金を欲《ほっ》しているのは、美鈴の話によると入院中の俊之の治療費や賠償金、会社の負債を補《おぎな》うためではなく、離婚して自分と美鈴の自立資金にするのではないかと思うのだが、もちろん問い質《ただ》すことはしなかった。

当分、彼が美鈴と関係を持ったことは、亜以子には内緒である。

やがて亜以子も、覚悟して来ただけに、ためらいなく服を脱ぎはじめていった。

今日も緊張に頰《ほお》を強ばらせ、笑顔を見せるようなこともなく、好きでもない男の言いなりになるために来たのだ。

それでも前回の羞恥快感は、どこか熟《う》れ肌《はだ》の奥にくすぶっているに違いない。

史郎は先に全裸になり、布団に仰向けになった。期待に、ペニスは激しく勃起して打ち震えている。

亜以子も、生ぬるく甘ったるい匂いを揺らめかせながら白い熟れ肌を露《あら》わにしてゆき、最後の一枚を脱ぎ去った。

あらかじめラインで、入浴やシャワートイレを固く禁じてあるのだ。

そして亜以子も、約束を守っていることだろう。

「じゃ、ここに立って」

史郎は仰向けのまま、隠し撮りカメラを意識しながら彼女を顔の横に呼んだ。

亜以子も、ノロノロと言いなりになり、羞恥に膝を震わせながら彼の顔の横に立った。

「じゃ、足の裏を僕の顔に乗せて」

「そ、そんなことされたいの……？」

言うと亜以子が、さすがにためらいながら答えた。

「好きでも何でもないんだから出来るだろう。憧れの君に踏まれたいんだ」

勃起した幹を震わせながら言うと、亜以子も意を決し、壁に手をついてフラつく身体を支えながら、そろそろと足を浮かせ、軽く足裏を彼の顔に乗せてくれた。

「ああ……」

史郎はうっとりと喘ぎ、亜以子の足裏の感触を味わい、舌を這わせはじめた。

羞恥と緊張に縮こまった指の間に鼻を押し付けて嗅ぐと、約束通りそこは生ぬるい汗と脂に湿り、蒸れた匂いが悩ましく沁み付いていた。

貪るように嗅いでから彼は爪先にしゃぶり付き、順々に指の股にヌルッと舌を割り込ませていくと、

「あう……」

亜以子が、おぞましさと刺激に呻き、ガクガクと膝を震わせた。

見上げると、それでも内腿の間に覗く割れ目は僅かながら潤いはじめているようだ。

足を交代させ、彼はそちらも新鮮な味と匂いを貪り尽くした。

そして彼女の足首を摑んで引き寄せ、顔の左右に置き、

「しゃがんで」

言うと、亜以子も覚悟していたように、ゆっくりと和式トイレスタイルでしゃがみ込んできた。

脚がM字になると内腿がムッチリと張りつめ、さらに量感を増しながら、熟れた割れ目が鼻先に迫った。

僅かに陰唇が開き、かつて美鈴が生まれ出てきた膣口が覗いていた。

美鈴と関係を持ってしまうと、なおさら亜以子の膣口が意識され、あらためて母娘としたのだという実感が湧《わ》いた。

光沢《こうたく》あるクリトリスもツンと突き立ち、ピンクの柔肉全体がヌメヌメと潤いを帯《お》びはじめていた。

「嬉しい、濡れてる」

真下から言うと、亜以子は羞恥と屈辱《くつじょく》を堪《こら》えるように呻き、熟れ肌を強ばらせた。

やがて史郎は豊満な腰を抱き寄せ、柔らかな恥毛に鼻を埋め込み、擦りつけながら熱気を嗅いだ。

生ぬるく蒸れた汗とオシッコの匂いが籠もり、馥郁《ふくいく》と鼻腔を刺激してきた。

「いい匂い。約束通りシャワートイレは使わなかったんだね」

鼻を鳴らしながら言っても、亜以子は奥歯を嚙み締めて答えなかった。

史郎は舌を挿し入れ、淡い酸味のヌメリを掻き回しながら、膣口の襞を探り、滑らかな柔肉をたどってクリトリスまで舐め上げていった。

「く……！」

亜以子が呻き、思わず力が抜けて座り込みそうになるのを、彼の顔の左右で懸命に両足を踏ん張った。

チロチロとクリトリスを舐め回すと、心根はともかく、熟れた肉体が否応《いやおう》なく反応して愛液の量が増した。

彼は味と匂いを堪能《たんのう》してから、さらに白く豊満な尻の真下に潜り込んでいった。

踏ん張っているため、谷間にあるピンクの蕾が僅かにレモンの先のように艶《なま》めかしく盛り上がっていた。

鼻を埋め込むと、ひんやりした双丘が心地よく顔中に密着して弾んだ。

蕾を嗅ぐと、蒸れた汗の匂いに混じり、ほのかに生々しい微香《びこう》も感じられ、悩ましく鼻腔を刺激してきた。

史郎は美熟女の恥ずかしい匂いを貪ってから、チロチロと舌を這わせて息づく襞を濡らし、ヌルッと潜り込ませた。

「あう……！」

亜以子が呻き、キュッと肛門できつく舌先を締め付けてきた。

滑らかな粘膜を探ると、微妙に甘苦い味覚が淡く感じられ、彼は内部で執拗《しつよう》に舌を蠢かせた。

すると目の上にある割れ目から溢れた愛液が、ツツーッと滴《したた》って彼の鼻先を生ぬるく濡らしてきた。

やはり亜以子は羞恥に最も反応し、相当に濡れやすい体質なのだろう。

史郎が舌を出し入れさせるように蠢かして肛門を刺激すると、

「アア……、もうダメ……」

亜以子が言い、しゃがみ込んでいられなくなったように両膝を突いた。

ようやく彼も舌を引き離し、再び割れ目に戻って大洪水の愛液をすすり、クリトリスに吸い付いた。

「ああ……、どうか、もう……」

彼女が絶頂を迫らせたか、降参するように言って尻をくねらせた。

やがて彼も舌を引っ込め、

「いいよ、じゃ今度は僕にして」

言うと亜以子も、ほっとしたように顔の上から股間を引き離した。

そして息を弾ませながらノロノロと移動し、大股開きになった彼の股間に腹這い、顔を寄せてきてくれた。

「ここ舐めて。僕はシャワーで綺麗にしてあるからね」

言って自ら両脚を浮かせて抱えると、亜以子は自分は綺麗でなかったのかと不安に思ったのか、顔を歪《ゆが》めながらも素直に尻の谷間を舐めてくれた。

もちろん言われる前に、自分からチロチロと肛門を舐め、自分がされたようにヌルッと浅く舌を潜り込ませてきた。

「あう、気持ちいい……」

史郎は妖しい快感に呻き、味わうようにモグモグと肛門で舌先を締め付けた。

亜以子も眉をひそめ、熱い鼻息で陰嚢をくすぐりながら内部で舌を蠢かせてくれた。

やがて脚を下ろすと、彼女もすぐに舌を引き離し、そのまま陰嚢を舐め回し、二つの睾丸を転がした。

袋全体が生温かな唾液にまみれると、彼はせがむようにヒクヒクと幹を上下させた。

「パイズリして」

言うと亜以子は身を乗り出し、ぎこちなくペニスに巨乳を押し付けてきた。温もりある膨らみの弾力が幹を擦り、ときに乳首も押し付けられた。さらに彼女は谷間にペニスを挟んでくれた。

「両側から揉《も》んで……」

高まりながら言うと、彼女も両手を巨乳に当て、谷間のペニスを揉みしだいた。

そして充分に味わうと、

「じゃ、お口で可愛がって」

史郎が言い、亜以子も胸を離すと顔を寄せて、肉棒の裏側をゆっくり舐め上げてきたのだった。

4

「アア、気持ちいい……」

史郎は、亜以子の舌先をペニスの裏側に感じながら喘いだ。

滑らかな舌が先端までくると、もう彼女も厭わずに、ためらいなく粘液の滲む尿道口を舐め回し、丸く開いた口でスッポリと喉の奥まで呑み込んできた。

やはり前回も体験しているし、拒《こば》めないのだから少しでも早く終わらせたい一心なのだろう。

史郎は快楽の中心部を憧れの美女に含まれ、快感を嚙み締めながらズンズンと股間を突き上げた。

「ンン……」

亜以子も喉の奥を突かれて呻きながら、たっぷりと唾液を出して舌をからめ、幹を締め付けて吸ってくれた。そして自らも小刻みに顔を上下させ、スポスポと強烈な摩擦を繰り返した。

「いきそう、前に来て」

唾液にまみれた幹を震わせ、すっかり高まった彼が言うと、亜以子もスポンと口を離して顔を上げた。

やはり飲まされるより、交接《こうせつ》する方が良いのだろう。感じてしまうのを知られるのも辛《つら》いところだろうが、飲み込むほどの抵抗はないようだ。

亜以子は仰向けの史郎の上に前進し、彼の股間に跨がると、自分から幹に指を添えて先端に割れ目をあてがった。

そして息を詰めてゆっくり腰を沈み込ませると、張りつめた亀頭が潜り込み、あとは重みと潤いで、ヌルヌルッと滑らかに根元まで呑み込まれていった。

「あう……！」

亜以子が眉をひそめ、目を閉じて小さく呻いた。今も、やはり喘ぎ声を上げるのを潔《いさぎよ》しとしていないのだろう。

だが、そんな彼女の反応も史郎の興奮を高めた。

肉襞の摩擦と潤い、温もりと締め付けに包まれ、彼は股間に重みを受け、彼女もピッタリと股間を密着させて座り込んだ。

史郎が両手で抱き寄せると、彼女もそろそろと身を重ねてきた。

彼は顔を上げ、巨乳に顔を埋め込んで感触を味わいながら、チュッと乳首に吸い付いて舌で転がした。

シャワーも浴びていないので、ほんのり汗ばんだ胸の谷間や腋からは、甘ったるい匂いが漂ってきた。

史郎は左右の乳首を交互に含んで舐め回し、たまに軽く歯を当てると、キュッと膣内が締まった。

両の乳首を味わい尽くすと、彼は腋の下にも鼻を埋め込み、生ぬるい濃厚な汗の匂いで胸を満たした。

そして小刻みにズンズンと股間を突き上げはじめると、

「アア……」

とうとう亜以子が熱い喘ぎ声を洩らした。

いったん動くと快感に止まらなくなり、彼は次第にリズミカルに突き上げ、溢れる愛液に律動が滑らかになった。

彼女の顔を引き寄せ、喘ぐ口に下から鼻を押し付けると、熱く湿り気ある吐息が甘く悩ましい白粉臭《おしろいしゅう》を含んで弾んだ。

うっとりと胸を満たしてから唇を重ね、舌を挿し入れて滑らかな歯並びを舐めると、彼女も怖ず怖ずと舌をからめてきた。

生温かな唾液に濡れた舌がチロチロと蠢き、動きに合わせてピチャクチャと淫《みだ》らに湿った摩擦音が聞こえた。

溢れる愛液は陰嚢を伝い流れ、彼の肛門まで生ぬるく濡らしてきた。

「唾を垂らして」

「出ないわ……」

彼が絶頂を迫らせながらせがんだが、亜以子も喘ぎ続けて口が乾《かわ》いているように小さく答えた。

「じゃ顔中舐めてヌルヌルにして」

言うと彼女も、おぞましげに眉をひそめながら舌を這わせ、彼の鼻の穴や頬を清らかな唾液にまみれさせてくれた。

彼女は、永遠に自分を愛しはしないだろうが、史郎はこうして思い通りに出来れば良いと思って快感を高めた。

だから仮に亜以子が俊之と離婚し、史郎と一緒になりたいなどと言っても彼は拒むことだろう。

すでに史郎は結婚などという形を理想とは思っておらず、むしろ男女に必要なのは適度な距離感だと思っている。

心の距離も保ったまま、たまにこうして欲望が解消できれば良いのだった。

むしろ所帯など持ったら、憧れの女神はただの女になり、一緒に暮らすうち性欲の湧かない家族になってしまうだろうから、それでは面白くなかった。

「ああ、いい匂い……」

史郎は亜以子の唾液と吐息の匂いで鼻腔を刺激されて喘ぎ、顔中ヌルヌルにされながら絶頂を迫らせた。

しかし、何と先に亜以子の方が激しく喘ぎはじめ、膣内の収縮をキュッキュッと活発にさせたのである。

「アアッ……、ダメ……！」

彼女が声を上ずらせて喘ぎ、ガクガクと狂おしい痙攣《けいれん》を開始した。

どうやら、心とは裏腹に、いや、好きでないだけになおさら熟れた肉体が反応してしまったようだった。

その勢いに巻き込まれ、たちまち史郎も昇り詰めてしまった。

「く……！」

突き上がる大きな快感に全身を貫かれながら呻き、熱い大量のザーメンをドクンドクンと勢いよくほとばしらせ、柔肉の奥深い部分を直撃した。

「あう……！」

噴出を感じると、駄目押しの快感を得たように亜以子は呻き、キュッときつく締め上げてきた。

愛し愛されなくても、肉体だけは正直に絶頂を一致させたのである。

あとは息を詰め、無言で彼は股間を突き上げ続け、快感を噛み締めながら心置きなく最後の一滴まで出し尽くしていった。

大きな満足を感じ、徐々に突き上げを弱めながら力を抜いていくと、

「ああ……」

亜以子も声を洩らして熟れ肌の硬直を解き、グッタリと彼にもたれかかってきた。

遠慮なく体重を掛けられると、史郎は僅かながらも愛され頼られているような錯覚《さっかく》に陥《おちい》り、それはそれで心地よいものであった。

もっとも、それは単に餌《えさ》をくれるから懐《なつ》いて寄りかかってくる犬猫のようなものかも知れない。

まだ膣内はキュッキュッと名残惜しげに収縮を繰り返し、刺激されたペニスが内部でヒクヒクと過敏に幹を跳ね上げた。

「く……」

亜以子が息を詰め、やはり敏感になっているようにキュッと締め付けた。

彼女も今は羞恥も欲も得もなく、過ぎ去った嵐に荒い呼吸を否応なく弾ませ、史郎は鼻を押し付け、濃厚に艶めかしい吐息の匂いで鼻腔を満たし、うっとりと快感の余韻に浸り込んでいった。

やがて互いの息遣いが治まると、亜以子はそろそろと股間を引き離した。

「帰ってもいいかしら……。今日は美鈴と見舞いに行く約束だから……」

「ああ、いいよ。じゃ夕方にでも振り込んでおくので。でも最後に、お口で綺麗にして」

言うと亜以子は奥歯を噛み締め、ノロノロと顔を移動させ、愛液とザーメンにまみれた亀頭をしゃぶってくれた。

「ああ、いいよ、すごく。また勃《た》ってしまいそうだ……」

史郎が身を投げ出して言うと、亜以子も手早くヌメリを舐め取っただけで身を起こし、バスルームに行った。

彼女がシャワーの湯を浴び、何度もうがいする音を聞きながら、史郎は身を起こして隠し撮りしていたビデオカメラのスイッチを切った。

確認は寝しなのオナニータイムで良いだろう。その楽しみもあるから、今日は亜以子と一度だけの射精で済ませたのである。

どうせ呼び出せば、亜以子とはいつでも出来るのだ。

やがて亜以子が出てくると、身繕《みづくろ》いをして髪を整え、少しだけ化粧を直してアパートを出ていった。

史郎も起きてシャワーを浴び、服を着て外へ出た。そして亜以子の通帳に百万ばかり振り込んでやり、家具屋と家電量販店へ行って豪勢に買い物をした。

マンションに置くダブルベッドに大型テレビ、応接セットに冷蔵庫に洗濯機、カーテンに食卓用のテーブルと椅子、食器棚にパソコン用のラックなど、順々に頼んで届けてもらうことにした。

アパートにある古いものは、全て廃棄してもらうよう、すでに月末の引っ越しとともに大家にも言ってある。

あとは新居に住むようになってから、服や食器など必要なものを順々に買い揃《そろ》えてゆけば良いだろう。

買ったマンションは五階にある3ＬＤＫで、リビングに寝室、書斎に納戸《なんど》など、すでに各部屋のビジョンは出来上がっている。

買い物を終えると夕食は外で済ませたが、一人で豪華な食事は必要ないのでトンカツ定食にした。

そしてアパートに戻り、

（ここでの寝起きも、あと数日か……）

長く住んだ室内を見回して思った。

そして楽しみだったビデオを見てみようと思ったら、そこへ美鈴からラインが入り、これからすぐ来るという。

史郎もOKの返信をし、またビデオカメラをセットし、間もなく来た美鈴を迎え入れたのだった。

5

「パパはお金の話ばっかりで、苦労しているママを労《ねぎら》うこともしないのよ」

アパートを訪ねてきた美鈴が、不満げに史郎に言った。

母娘で軽く夕食を済ませてから、俊之の見舞いに行ったが、美鈴は両親の会話に嫌気がさして先に出てきてしまったらしい。

「そう、じゃ亜以子さんも気が滅入《めい》ることばかりだね」

「ええ、もう離婚は時間の問題だわ。早く別れて、ママと小さなアパートでもいいから暮らしたいです」

美鈴も胸を痛めて言う。

「うん、よく話し合うといいよ。今度亜以子さんに会って、相談に乗ってあげるから」

「お願いです。力になってください」

美鈴が縋《すが》るように言い、生ぬるく甘ったるい匂いを感じた史郎は、すぐにも激しく勃起してきた。

昼間、亜以子と濃厚なセックスをして、同じ日の夜にその娘と出来るなど、何という幸運だろう。

間もなく引き払う安アパートの、最後の最後で良いことが重なっていた。

しかも、昼間は亜以子との痴態《ちたい》を隠し撮りし、今も万年床に向けてビデオカメラが録画を開始しているのである。

話を終えると、まるで彼の淫気《いんき》が伝わったように、美鈴も頰を上気させはじめた。

すでに快楽を知った十九歳は、期待と好奇心に濡れはじめているのかも知れない。

「じゃ脱ごうね」

史郎が言って脱ぎはじめると、美鈴も素直にブラウスのボタンを外しはじめていった。

たちまち互いに全裸になると、彼は美鈴を布団に横たえ、足裏から舌を這わせはじめた。

「あん、そんなところから……」

美鈴がビクリと反応して喘いだが、拒まずじっとしていてくれた。

史郎は両の足裏を舐め回し、縮こまった指の股に鼻を割り込ませて嗅ぐと、やはり汗と脂に湿り、ムレムレの匂いが濃厚に沁み付いていた。

充分に蒸れた匂いを貪ってから爪先にしゃぶり付き、全ての指の間を舐め回した。

「アア……、汚いのに……」

今日もさんざん歩き回ったらしい美鈴が喘ぎ、少しもじっとしていられないようにクネクネと身悶え続けた。

やがて大股開きにさせて脚の内側を舐め上げ、白くムッチリと張りつめた内腿をたどって股間に迫った。

はみ出した陰唇はすでにヌラヌラと潤いはじめ、恥毛の丘に鼻を埋めると、生ぬるく蒸れた汗とオシッコの匂いが可愛らしく籠もっていた。

「いい匂い」

「あう……！」

執拗に鼻を鳴らして嗅ぎながら言うと、美鈴が羞恥に声を洩らし、内腿でキュッときつく彼の顔を挟み付けてきた。

舌を挿し入れ、淡い酸味のヌメリの満ちた膣口から、ゆっくり小粒のクリトリスまで舐め上げると、

「アアッ……！」

美鈴が本格的に喘ぎはじめ、内腿に力を込めて悶えた。

チロチロとクリトリスを探っては溢れる蜜をすすり、さらに彼は美鈴の両脚を浮かせ、尻の谷間に鼻を埋め込んだ。

可憐な薄桃色の蕾にも蒸れた汗の匂いが籠もり、彼は顔中に密着する双丘の弾力を味わって嗅ぎ、舌を這わせてヌルッと潜り込ませ滑らかな粘膜を舐めた。

「く……」

美鈴が呻き、キュッと肛門で舌先を締め付けてきた。

やがて史郎は美少女の前と後ろを舐め回して堪能すると、身を起こして彼女の胸に跨がった。

「入れる前に舐めて濡らしてね」

囁きながら幹に指を添え、先端を突き付けると彼女もすぐに張りつめた亀頭にしゃぶり付いてくれた。

彼は両手を前につき、喉の奥まで挿し入れていくと、

「ンン……」

美鈴が小さく呻き、彼の股間に熱い息を籠もらせて吸い付いた。

口の中ではクチュクチュと舌が蠢き、たちまち彼自身は生温かく清らかな唾液にどっぷりと浸って快感に震えた。

充分に高まると史郎はヌルッと引き抜き、彼女の股間に戻ると正常位で先端を押し付けていった。

ゆっくり挿入していくと、心地よい肉襞が幹を擦り、ヌルヌルッと滑らかに根元まで呑み込まれた。

「ああ、すごい……」

美鈴がビクッと顔を仰け反らせて喘ぎ、きつく締め付けてきた。

史郎も温もりと感触を味わい、股間を密着させて快感を嚙み締めた。

脚を伸ばして身を重ね、屈み込んで左右の乳首を含んで舐め回し、顔中で膨らみを堪能した。

充分に味わってから腕を差し上げ、生ぬるく湿った腋の下に鼻を埋めて嗅ぐと、やはり甘ったるく可愛らしい汗の匂いが濃く沁み付いていた。

じっとしていても、息づくような収縮が繰り返され、彼もジワジワと絶頂を迫らせていった。

白い首筋を舐め上げ、ぷっくりしたグミのような弾力ある唇を味わい、舌を挿し入れて滑らかな歯並びをたどると、彼女も歯を開いてチロチロと舌をからめてきた。

生温かな唾液に濡れ、滑らかに蠢く舌を味わうと堪らず、彼はズンズンと股間を突き動かしはじめた。

「アア……、いい気持ち……」

美鈴が口を離して熱く喘ぎ、激しく両手でしがみついてきた。

美少女の吐き出す息は今日も熱く湿り気を含み、夕食の名残か甘酸っぱい匂いが濃く彼の鼻腔を刺激した。

いったん動くと腰が止まらなくなり、次第に史郎は勢いをつけ、股間をぶつけるように律動していた。

溢れる愛液に動きが滑らかになり、ピチャクチャと湿った摩擦音も聞こえてきた。

「い、いきそう……」

美鈴が果実臭の吐息を弾ませて言い、膣内の収縮を高めていった。

史郎も堪らず、とうとうそのまま大きな快感に貫かれて昇り詰めてしまった。

「く……！」

短く呻き、ありったけの熱いザーメンをドクンドクンと勢いよく柔肉の奥にほとばしらせると、

「あ、熱いわ。いく……！」

噴出を感じた美鈴も声を洩らし、ガクガクと狂おしいオルガスムスの痙攣を開始したのだった。

彼は心ゆくまで快感を嚙み締め、最後の一滴まで出し尽くしていった。

そして満足しながら動きを弱め、もたれかかっていくと、

「アア……」

美鈴も小さく声を洩らし、肌の硬直を解いてグッタリと身を投げ出していった。

まだ膣内の収縮が続き、刺激されたペニスがヒクヒクと過敏に跳ね上がると、

「あう……」

美鈴も敏感に反応して呻き、キュッときつく締め付けてきた。

史郎は彼女の喘ぐ口に鼻を押し込み、熱く甘酸っぱい吐息を胸いっぱいに嗅ぎ

ながら酔いしれ、うっとりと快感の余韻に浸り込んでいった。

　あまり長く乗っているのも悪いので、やがて呼吸を整えると史郎は身を起こし、そろそろと股間を引き離した。

　そして互いにティッシュで股間を処理していると、美鈴のスマホが鳴った。

「ママからラインだわ。どこにいるのって」

　彼女がすぐ確認して言い、本屋とコンビニに寄ると返信したようだ。恐らく亜以子も帰宅したのだろう。

「じゃ帰りますね。どうかママのことよろしくお願いします」

　美鈴は言い、シャワーは省略し急いで身繕いした。

「うん、じゃ気をつけて」

　史郎も起き上がって彼女を見送り、ドアをロックしてから、机の下に隠しておいたビデオカメラのスイッチを切った。

　そして自分だけあらためてシャワーを浴びてから、録画されているかどうか確かめた。

　果たして、昼間の亜以子とのセックスと、さっきの美鈴との行為も全て録画されていたのである。

それをテレビに繋《つな》げ、ハードディスクに保存しながら見ていると、またムクムクと勃起してきてしまった。

定位置からの構図だが、二人の肢体《したい》は充分に撮れ、喘ぎ声や粘膜の摩擦音もはっきりと入っていた。

隠し撮りだから、フェラや割れ目のアップなどがないのは仕方がない。

とにかく史郎は、昼間の亜以子やさっきの美鈴との行為を振り返りながら、狂おしいオナニーに耽ってしまった。

快感が甦《よみがえ》り、それぞれの喘ぐ表情を見て、しかも母娘という背徳の興奮も加わり、彼はこの日三度目の心地よい射精をしてしまったのである。

(長く住んだこのアパートでのオナニーも、これが最後かも知れないな……)

彼は思い、余韻に浸りながら、このまま寝ることにしたのだった……。

第三章　新妻は母乳の匂い

1

「あら、入江さん、お久しぶり」

史郎が、マンションの一階にあるコンビニへ買い物に降りると、いきなり女性に声をかけられた。

見ると、以前職場の同僚だった吉野百合枝《よしのゆりえ》である。一緒に倉庫の整理をしていたが結婚退職して一年、今は三十歳の子持ち主婦となっていた。

夫は幼馴染《おさななじ》みの公務員らしいが、近くにある彼女の実家で暮らしているらしい。

ショートカットで性格も明るいぽっちゃり型、学生時代はソフトボールの選手で、史郎も何かと肉感的な百合枝の面影《おもかげ》でオナニーのお世話になったことがあった。

「こんにちは、お元気そうですね」

「ええ、でも会社が大変なことになったみたいじゃない」

彼が笑顔で挨拶《あいさつ》すると、百合枝は心配そうな顔つきになって言った。

「ええ、先日辞めました」

「まあ、じゃ今は？」

「この上の部屋を買って、雑誌のコラムとか書いてます」

「マンションを買ったの？　どうして」

百合枝は、さらに目を見開いて言い、ほんのりと生ぬるく甘ったるい匂いを漂わせた。

「親の遺産が入ったので」

「お部屋を見せて！　私も実家を出てマンションを買う話が出ているの。どうか参考のために」

百合枝が勢い込んで言う。

「いいですよ。じゃどうぞ」

史郎は買い物前だが建物に引き返し、一緒にエレベーターで五階まで上がった。彼女も主婦らしい普段着で、赤ん坊は親に預けて出てきたが、やはり買い物前らしくショルダーバッグ一つである。

やがて史郎は鍵を開けて、百合枝を中に招き入れた。

もう注文した家具も全て届き、配置も終えたところである。

寝室には、ダブルベッドに新品の布団に壁掛けテレビ、リビングには応接セットとテーブルに大型テレビとサイドボードとステレオ、キッチンには大型冷蔵庫に電子レンジ、洗面所には洗濯機、そして書斎には本棚と立派な机にデスクトップのパソコンなどが揃《そろ》い、全ての部屋に二重カーテンも付けられていた。

そしてもちろん、寝室にある飾り棚の一角には、良い位置からベッドを撮るため、ビデオカメラが見えないよう巧《たく》みにセットされているのだった。

アパートにあったものは全て処分し、持って来たのはノートパソコンとビデオカメラ、そして隠し撮りの映像がハードディスクに入っているビデオデッキに僅《わず》かな着替えぐらいのものだから、引っ越しも手持ちの一回で済んだのである。

「すごいわ。３ＬＤＫに一人なんて贅沢《ぜいたく》ね」

上着とバッグを置いた百合枝は目を輝かせて言い、各部屋を見て回ったり窓からの景色を眺めたりした。

そして彼女は最後に寝室に入って言った。

「一人暮らしなのにダブルベッド？」

「うん、これから頑張って彼女でも見つけるので」

史郎は、徐々に股間を熱くさせて答えた。

この部屋に、自分や業者以外が入ったのは初めてである。

本当なら亜以子を最初に招きたかったが、これも巡り合わせというものだろう。

「そう、夢があっていいわね」

「百合枝さんだって、子が出来たし、これからマンション探しなのだから幸せいっぱいでしょう」

彼が言うと、百合枝は少し顔を曇らせた。

「でも男って、子が出来ると何もしなくなっちゃうのよ。忙しいのも分かるけど、入江さんより若いのに、もう一年近く何もしてこないのよ」

百合枝が言う。ハネムーンベビーだったようで、セックスも新婚の頃に僅かしかしなかったらしい。

「まあ幼馴染みだから、何もかも知り尽くしてるんだよ。他に問題はないんでしょう？」

「ええ、優しいし、堅物《かたぶつ》で女遊びもしないから良いのだけど」

「でも百合枝さんの欲求が溜《た》まっている？」

彼が訊《き》くと、百合枝は曖昧《あいまい》に頷《うなず》いた。

「僕とここでする？　初めての客というのも何かの縁だから」

「本当？」

言うと彼女が顔を輝かせた。

「してもらえるなら嬉しいわ。何かと愛人になれなんて言ってきた社長なんかより、入江さんはずっとタイプだし秘密も守ってくれそうだから」

百合枝が言う。

どうやらパートで働いている頃から、俊之は何かと従業員の女性に手を出そうとしていたようだから、美人の彼女もターゲットだったらしい。

「じゃ脱ごうか。僕はさっきシャワーを浴びたばかりだから」

彼が言って脱ぎはじめると、

「わ、私は今日まだ浴びていないので」

百合枝がモジモジと言い、シャワーを借りに寝室を出ようとした。

「いいよ、そのままで。自然のままの匂いが憧《あこが》れだから」

「でも、朝からずいぶん歩き回ったし……」

「大丈夫」

「じゃ、あっち向いてて……」

彼女も欲求に負けたように答え、ブラウスのボタンを外しながら背を向けた。

「暗くしてね」

さらに彼女が言うので、史郎は脱ぎながらカーテンを二重に閉め、ついでに彼女が見ていないのを確認してビデオカメラのスイッチを入れておいた。

この部屋での初の隠し撮りだから、試したかったのである。もちろんカメラは見えないよう小物で隠してあった。

カーテンを閉めても、昼過ぎの陽射しがあって寝室内は薄明るく、録画や観察に支障はないだろう。

先に全裸になりダブルベッドに横たわって眺めると、脱ぎはじめた百合枝はもうためらいなく、みるみる健康的な肌を露《あら》わにしていった。

やがて、白く豊満な尻をこちらに突き出して最後の一枚を脱ぎ去ると、胸と股間を隠して向き直り、気が急《せ》くようにベッドに上ってきた。

「恥ずかしいわ。私スッピンだし、何も手入れしていないのよ……」

百合枝が羞《は》じらいを含んで言い、すっかり勃起《ぼっき》した史郎は彼女に腕枕してもらいながら、腋《わき》の下に鼻を埋め込んだ。

すると、何と腋には柔らかく淡い腋毛が煙《けむ》っていたのである。

「わあ、色っぽいよ」

史郎は感激に声を洩《も》らし、生ぬるく湿った腋毛に鼻を擦《こす》りつけて嗅《か》ぎ、甘ったるい汗の匂いに噎《む》せ返った。

「アア……」

百合枝が羞恥《しゅうち》に喘《あえ》ぎ、クネクネと身悶《みもだ》えはじめた。

夫とは若い頃から付き合っていたから、それ以外の男は初めてかも知れない。

それに夫婦生活はないし、育児にかまけているから何もケアしていないようだ。

史郎は新鮮な興奮に包まれながら腋毛の感触を味わい、そろそろと形良い乳房に手を這《は》わせていった。

すると、濃く色づいた乳首の先端に、ポツンと白濁《はくだく》の雫《しずく》が浮かんでいるではないか。

（うわ、母乳……）

史郎は目を見張って興奮を高め、充分に腋の匂いを貪《むさぼ》ってから移動していった。

最初から感じていた彼女の甘ったるい匂いは、汗ではなく母乳の成分が大部分だったのだろう。

彼は仰向《あおむ》けにさせた百合枝にのしかかり、チュッと乳首に吸い付いて舌を這わせ、生ぬるい雫を舐めた。

「アア……、いい気持ち……」

百合枝も、すっかり夢中になって喘ぎ、少しもじっとしていられないほど腰をくねらせていた。

唇で乳首を強く挟んで吸うと、生ぬるく薄甘い母乳が滲《にじ》み出てきた。彼は夢中になって味わい、うっとりと喉《のど》を潤《うるお》した。

「あう、飲んでいるの……？」

百合枝が声を震わせて言い、分泌《ぶんぴつ》を促《うなが》すように自ら膨《ふく》らみを揉《も》みしだいてくれた。

出が良くなり、彼は左右の乳首を交互に含んで吸った。飲み込むたび、胸いっぱいに甘い匂いと甘美な悦《よろこ》びが広がった。

あまり飲みすぎて赤ん坊の分がなくなってしまうといけない。それに吸い続けるうち、心なしか膨らみの張りが和《やわ》らいできたようだった。

ようやく乳首を離れ、史郎は滑《なめ》らかな肌を舐め下りていった。

臍《へそ》を探り、張りのある下腹に顔中を押し付けて弾力を味わい、豊満な腰のラインから脚を舐め下りていった。

すると脛《すね》にもまばらな体毛があり、何とも野趣溢《やしゅあふ》れる魅力を覚えた。

舌を這わせ、足首まで行って足裏に回り、踵《かかと》から土踏まずを舐めながら、縮こまった指の間に鼻を割り込ませて嗅いだ。

そこはやはり生ぬるい汗と脂《あぶら》の湿り気が籠《こ》もり、蒸れた匂いが濃厚に沁《し》み付いていた。

鼻腔《びこう》を刺激され、主婦のリアルな足の匂いを貪ってから、彼は爪先にしゃぶり付き、順々に指の股に舌を挿《さ》し入れて味わった。

「あう、そんなところ舐めたら汚いのに」

百合枝が驚いたように言い、ビクリと反応した。

彼は構わず足首を押さえ、両足とも全ての指の股を堪能《たんのう》し、味と匂いが薄れるほど貪り尽くしてしまったのだった。

2

「アア、恥ずかしい……」

大股開きにさせると、百合枝が声を震わせ、クネクネと豊満な腰をよじった。

史郎は脚の内側を舐め上げ、ムッチリと量感ある白い内腿《うちもも》をたどり、熱気の籠もる股間に迫っていった。

見ると黒々と艶《つや》のある恥毛《ちもう》が情熱的に濃く密集し、下の方はネットリと溢れる愛液の雫を宿《やど》していた。

はみ出した陰唇《いんしん》を指で左右に広げると、微《かす》かにクチュッと湿った音がして、息づく膣口《ちつぐち》が丸見えになり、襞《ひだ》には母乳に似た白濁の粘液がまつわりついていた。

クリトリスは大きめで親指の先ほどもあり、包皮《ほうひ》を押し上げながら鈍《にぶ》い光沢《こうたく》を放ってツンと突き立っている。

堪《たま》らずに顔を埋め込み、柔らかな茂みに鼻を擦りつけて嗅ぐと、ムレムレになった汗とオシッコの匂いが濃く沁み付いて、悩ましく鼻腔を刺激してきた。

胸を満たしながら舌を挿し入れると、淡い酸味のヌメリが迎え、彼は膣口を掻《か》き回して柔肉《やわにく》をたどり、ゆっくりクリトリスまで舐め上げていった。

「アアッ……、いい気持ち……」

百合枝が熱く喘ぎ、内腿できつく彼の両頬《りょうほほ》を挟み付けてきた。

史郎はチロチロと舐め回し、乳首のようにチュッと強く大きめのクリトリスを吸っては、新たに溢れる愛液をすすった。

さらに両脚を浮かせ、白く豊かな尻に迫ると、谷間に閉じられた蕾《つぼみ》は、出産で息《いき》んだ名残《なごり》かレモンの先のように僅かに突き出た艶《なま》めかしい形をしていた。

鼻を埋めて嗅ぐと、やはり蒸れた微香《びこう》が悩ましく沁み付き、舌を這わせてヌルッと潜《もぐ》り込ませると、

「あう、ダメ……！」

百合枝が呻《うめ》き、キュッときつく肛門で舌先を締め付けてきた。

やはり幼馴染みの夫からは、足指や肛門を舐めてもらったことがないのだろう。

史郎は舌を蠢《うごめ》かせ、滑らかな粘膜を探り、ようやく脚を下ろして再び大洪水の割れ目に戻った。

生ぬるいヌメリを舐め取り、クリトリスに吸い付くと、

「い、いきそう、待って……！」

百合枝が息を詰めて口走った。やはり早々と果てるのが惜しく、早く一つになりたいのだろう。

ようやく史郎が股間から這い出して横になると、百合枝も息を弾《はず》ませながら身を起こして移動した。

大股開きになると、すぐに彼女も真ん中に腹這《はらば》いになって顔を寄せ、まずは陰《いん》嚢《のう》に舌を這わせてきた。

どうやら夫も、陰嚢は舐めさせていたらしい。百合枝は熱い息を股間に籠もらせ、舌で二つの睾丸《こうがん》を転がし、袋全体を生温かな唾液《だえき》にまみれさせた。

「ここも……」

史郎が言って両脚を浮かせ、抱えて尻を突き出すと、いくらもためらわず彼女も肛門にチロチロと舌を這わせてくれた。

そして自分がされたようにヌルッと舌を潜り込ませてきた。

「あう、気持ちいい……」

史郎は快感に呻き、モグモグと若妻の舌先を味わうように肛門を締め付けた。

気が済んで脚を下ろすと、彼女も前進して粘液の滲む尿道口を舐め、張りつめた亀頭をくわえてスッポリと喉の奥まで呑《の》み込んでいった。

「ンン……」

彼女は熱く鼻を鳴らし、幹を丸く締め付けて吸い、生温かく濡れた口の中でクチュクチュと舌をからめてきた。

「アア……」

史郎は喘ぎ、唾液にまみれた幹を百合枝の口の中でヒクヒク震わせた。

小刻《こきざ》みにズンズンと突き上げるると、彼女も顔を上下させ、濡れた口でスポスポとリズミカルに摩擦してくれた。

すると百合枝がスポンと口を離し、顔を上げた。

「もう入れていいかしら……」

どうやら彼が口に漏らすほど高まってきたと感じたらしい。

「ああ、跨《また》いで入れて」

仰向けのまま答えると、彼女も身を起こして前進し、史郎の股間に跨がってきた。

そして幹に指を添え、先端に割れ目を押し付けて何度か動かし、やがて腰を沈み込ませて膣口に受け入れていった。

屹立《きつりつ》した肉棒が、ヌルヌルッと滑らかに根元まで呑み込まれると、

「アアッ……！」

百合枝が完全に座り込み、顔を仰《の》け反《ぞ》らせて喘いだ。

そしてピッタリ密着した股間をグリグリと擦りつけ、やがて身を重ねてきた。

史郎も両膝《りょうひざ》を立てて豊満な尻を支え、下から両手でしがみついた。

百合枝は緩《ゆる》やかに腰を動かしながら、味わうようにキュッキュッと締め付け、上から唇を重ねてきた。

舌が潜り込むと史郎もチロチロと蠢かせ、生温かな唾液に濡れて滑らかに動く若妻の舌を味わいながら、徐々に股間を突き上げはじめていった。

「ああ……、すぐいきそう……」

百合枝が、息苦しくなったように口を離し、淫《みだ》らに唾液の糸を引きながら喘いだ。

大量に溢れる愛液が互いの動きを滑らかにさせ、クチュクチュと淫らに湿った摩擦音が聞こえてきた。

愛液は陰嚢の脇を伝い流れ、彼の肛門まで生ぬるく濡らした。

百合枝の喘ぐ口に鼻を押し付けて嗅ぐと、熱く湿り気ある吐息は花粉のような甘い刺激に、昼食の名残か淡いオニオン臭も混じり、悩ましく鼻腔を刺激してきた。

いかにもケアしていない主婦の、リアルな匂いといった感じで、史郎は激しく興奮を高めていった。

見ると、また濃く色づいた乳首に母乳の雫が浮かんでいた。

「顔に搾《しぼ》って……」

言うと百合枝も興奮に任せ、すぐにも胸を突き出して自ら乳首をつまんだ。

ポタポタと滴《したた》る母乳を舌に受けると、さらに無数の乳腺《にゅうせん》から霧状《きりじょう》になったものが顔中に降りかかってきた。

生ぬるく甘ったるい匂いに包まれ、彼は激しく股間を突き上げながら絶頂を迫らせていった。

「舐めて……」

さらに彼女の顔を引き寄せて囁《ささや》くと、百合枝も舌を這わせ、顔中を濡らした母乳を舐め取ってくれた。

母乳の匂いに、唾液と吐息の匂いが混じり、彼は鼻腔を掻き回されながら高まった。

すると先に百合枝の方が、

「い、いっちゃう……。アアーッ……！」

声を上ずらせ、ガクガクと狂おしいオルガスムスの痙攣《けいれん》を開始してしまった。

膣内の激しい収縮に巻き込まれ、

「く……！」

続いて史郎も呻き、大きな絶頂の快感に全身を貫《つらぬ》かれた。

同時に熱い大量のザーメンがドクンドクンと勢いよくほとばしると、

「あう、すごい……！」

奥深い部分に噴出を感じた百合枝が、駄目押しの快感を得て呻いた。

史郎は心ゆくまで快感を嚙《か》み締め、最後の一滴まで出し尽くしていった。

満足しながら、徐々に突き上げを弱めていくと、

「ああ……」

百合枝も満足げに声を洩らし、肌の強《こわ》ばりを解いてグッタリともたれかかってきた。

膣内はまだ名残惜しげに収縮を続け、刺激された幹がヒクヒクと過敏に内部で跳ね上がると、

「あう……、もうダメ……」

百合枝も敏感になっているように呻き、キュッときつく締め上げてきた。

彼は百合枝の口に鼻を押し付け、悩ましく濃厚な吐息を胸いっぱいに嗅ぎながら、うっとりと快感の余韻《よいん》に浸《ひた》り込んでいった。

重なったまま、徐々に荒い呼吸が治《おさ》まってくると、

「こんなに良かったの、初めてかも。私、滅多に中でいけないの……」

息遣《いきづか》いを整えながら百合枝が囁いた。では久々の膣感覚で迎えたオルガスムスだったのだろう。

ようやく彼女が身を起こし、そろそろと股間を引き離した。

史郎もティッシュの処理を省略し、一緒に起きてベッドを降りると、バスルームへ移動した。

シャワーの湯で互いの全身を流し、百合枝も念入りに股間を洗った。

もちろん史郎は床に座り、目の前に彼女を立たせた。

「オシッコ出して」

「まあ、そんなこと……」

言うと、百合枝がビクリと尻込みして声を震わせた。

「少しでいいから」

史郎は言って、彼女の片方の足を浮かせてバスタブのふちに乗せ、開いた股間に顔を埋めた。

匂いは薄れてしまったが、少し舐めるうち新たな愛液が溢れ、ヌラヌラと舌の動きが滑らかになった。

「ああ、本当に出るわ。いいの……？」

百合枝が声を震わせ、いくらも待たないうちチョロチョロと熱い流れがほとばしってきたのだった。

史郎は舌に受けて味わいながらムクムクと回復し、二度目はどんな体位でしょうかと思うのだった……。

3

「広いわ。贅沢ね……」

史郎が亜以子をマンションに招くと、彼女は寝室から外の景色をチラと見ただけで無表情に言った。

初めて来たのに興味なさそうだが、それでも以前の古アパートを訪ねるよりは気が楽だろう。

百合枝ほどはしゃがないのは物足りないが、やはり彼は亜以子の、こうした無愛想で素っ気ない態度に惹《ひ》かれるのである。

どうせ始まれば、我を忘れて喘ぎはじめるのだ。

もちろん今日も、飾り棚の陰からベッドに向けてビデオカメラの隠し撮りをし、すでに録画されている。

先日の百合枝との盗撮も、実に思っていた以上に良い構図で撮れていたのだ。

さすがにオナニーまではせず、映像に満足しただけだったが、今日これから撮る亜以子の姿なら、我慢できずに見ながら抜いてしまうかも知れない。

だが出来ればオナニーよりも、射精は生身を相手にしたいものだった。

亜以子は盗撮の警戒などしていないようで、というよりそんな想像をするほどスレていないのだろう。

「自分だって、社長に嫁《とつ》いで贅沢三昧《ざんまい》だっただろう。楽して贅沢をするのはお互い様だ。さあ脱ごうか」

言いながら史郎が脱ぎはじめると、亜以子も俯《うつむ》き、黙々とブラウスのボタンを外しはじめた。

あらかじめラインで、シャワーは浴びずに来るよう言ってあるので亜以子も守ったろうし、実際脱いでいくうち、甘ったるい匂いが悩ましく揺らめいた。

彼はカーテンを閉め、先に全裸になってベッドに横たわった。

「俊之は、女性従業員にも年中声を掛けていたようだ。先日、街でばったり吉野百合枝に会ったら、彼女も誘われたと言っていた」

「そう、何人かから相談を受けたこともあったわ……」

言うと亜以子も、背を向けて脱ぎながら答えた。

「そろそろあんな奴と別れたらどうだね？　何も君が社の負債や奴の賠償を全て負うこともないだろう」

「ええ……」

彼女は曖昧に答え、白く豊満な尻を突き出して一糸《いっし》まとわぬ姿になった。

そんなこと史郎に相談せず、自分で考える、とでも言いたげだった。

やがてベッドに上ってきたので、

「ここに立って」

史郎は激しく勃起しながら言い、亜以子を顔の横に立たせた。

彼女が、クッションによろめきながら顔の横に来て壁に手をつくと、

「踏んで」

期待に胸を震わせながら、さらにせがんだ。

亜以子も身体を支えながら、そろそろと片方の足を浮かせて、足裏をそっと彼の顔に乗せてきた。

どうせ何を要求されても拒《こば》めないし、史郎の性癖も徐々に分かってきたようなので、慣れはじめているのかも知れない。

彼は嬉々《きき》として踵と土踏まずに舌を這わせ、形良い指先に鼻を押し付けて嗅いだ。

やはり亜以子は言いつけを守り、昨夜の入浴以来シャワーは浴びていないようで、指の股は生ぬるく汗と脂に湿り、蒸れた匂いを沁み付かせていた。

史郎は足首を摑《つか》んで引き寄せながら、顔中で美女の足裏の感触を味わい、爪先にしゃぶり付いて全ての指の股に舌を割り込ませて味わった。

「く……」

亜以子がか細く呻き、微かに膝を震わせはじめた。

見上げると、彼女も否応《いやおう》なく、心はともかく肉体の快楽への期待に割れ目が濡れはじめているようだ。

足を交代させ、そちらも味と匂いを貪ってしゃぶり尽くすと、彼は足首を摑み顔の左右に置いて跨がせた。

「しゃがんで」

真下から言うと、亜以子も羞恥に頰《ほお》を強ばらせながら、ゆっくり和式トイレスタイルでしゃがみ込んできた。

スラリとした脚がM字になると、内腿と脹《ふく》ら脛《はぎ》がムッチリと量感を増して張りつめ、熟《う》れた割れ目が鼻先に迫った。

そして彼の顔中を、覆《おお》いかぶさる肌から発する熱気が包んだ。

亜以子にしてみれば、夫の俊之のように強引にのしかかり、勝手に終える方が気が楽だったかも知れない。

そのてん史郎は受け身が好きだから、彼女はただ仰向けになっていれば良いというわけにゆかず、自分から行動しなくてはならないので、それが負担なようだった。

だが、そうした夫との違いに、彼女も徐々に順応し、それで濡れるようになったのなら願ってもないことだった。

史郎が、はみ出した陰唇を指で広げると、微かにクチュッと湿った音がし、潤うピンクの柔肉が丸見えになった。

「嬉しい、すごく濡れてる」

言っても、亜以子は奥歯を嚙み締めて堪《こら》えるばかりだ。

ひたすら早く済むのを待っているのだろうが、愛撫《あいぶ》を開始すればすぐ我を忘れてしまうに違いない。

かつて美鈴が出てきた膣口の襞が息づき、真珠色《しんじゅいろ》の光沢あるクリトリスがツンと突き立っていた。

堪らずに豊満な腰を抱き寄せ、柔らかな茂みに鼻を擦りつけて嗅ぐと、生ぬるく蒸れた汗とオシッコの匂いが悩ましく鼻腔を刺激してきた。

胸を満たしながら舌を挿し入れ、膣口の襞を搔き回すと淡い酸味のヌメリが動きを滑らかにさせた。

味わいながらゆっくりクリトリスまで舐め上げていくと、

「あう……！」

亜以子が小さく呻き、思わず座り込みそうになりながら懸命に両足を踏ん張った。

チロチロとクリトリスを舐めると、亜以子はじっとしていられないように、白い下腹をヒクヒク波打たせた。

そしてしゃがみ込んでいられずに両膝を突き、新たな愛液をトロトロと漏らした。

史郎は悩ましい匂いに酔いしれながら愛液をすすり、充分にクリトリスを愛撫してから、豊かな尻の真下に潜り込んでいった。

谷間にひっそり閉じられる薄桃色の蕾に鼻を埋め込むと、顔中にギュッと弾力ある双丘《そうきゅう》が密着した。

蕾にも蒸れた汗の匂いが籠もり、嗅いでから舌を這わせ、細かに収縮する襞を濡らしてヌルッと潜り込ませると、

「く……！」

亜以子が息を詰めて呻き、きつく肛門で舌先を締め付けてきた。

内部で舌を蠢かせ、滑らかな粘膜を探ると淡く甘苦い味覚が感じられた。

舌を出し入れさせるように動かしてから、再び割れ目に戻って大量の愛液を舐め取り、クリトリスにチュッと吸い付いていくと、

「も、もう……」

亜以子が、降参するように腰をよじって言った。

「じゃお口でして」

舌を引っ込めて言うと、亜以子はすぐにも股間を引き離して移動した。

大股開きになると素直に腹這い、股間に美しい顔を迫らせた。

どうせしなければ終わらないのだから、もう心を空っぽにして従うしかないのだ。

もちろん彼は自ら両脚を浮かせて抱え、彼女の鼻先に尻を突き出した。

亜以子も嫌々尻の谷間に舌を這わせ、熱い鼻息で陰嚢をくすぐりながら、自分がされたようにヌルッと潜り込ませてくれた。

「あう、気持ちいい……」

史郎は呻き、肛門で味わうようにモグモグと美人妻の舌先を締め付けた。

そして脚を下ろすと、彼女も自然に陰嚢を舐め回し、睾丸を転がして熱い息を股間に籠もらせた。

せがむように幹を上下させると、亜以子も前進して肉棒の裏側を舐め上げてきた。

先端に来ると粘液の滲む尿道口を舐め回し、張りつめた亀頭をくわえてスッポリと喉の奥まで呑み込んでいった。

史郎は美人妻の温かく濡れた口腔《こうこう》に包まれ、幹を震わせながら快感を噛み締めた。

亜以子も幹を丸く締め付けて吸い、熱い鼻息で恥毛をそよがせながら、口の中ではクチュクチュと舌を蠢かせ、肉棒全体を清らかな唾液にまみれさせた。

嫌々していても、滑らかに蠢く舌に彼自身は最大限に膨張《ぼうちょう》し、ズンズンと股間を突き上げはじめると、

「ンン……」

喉の奥を突かれた亜以子が呻き、新たな唾液をたっぷり溢れさせてきた。

彼女も顔を上下させ、濡れた口でスポスポと強烈な摩擦を開始すると、史郎は急激に高まってきた。

「いいよ、跨いで入れて」

言うと彼女もスポンと口を引き離し、顔を上げて前進してきた。

そして股間に跨がると自分から先端に割れ目を押し当て、位置を合わせてゆっくり腰を沈み込ませていった。

張りつめた亀頭が潜り込むと、あとは重みと潤いでヌルヌルッと滑らかに根元まで嵌《は》まり込み、彼女がピッタリと股間を密着させて座り込んだ。

史郎は肉襞《にくひだ》の摩擦と締め付けに包まれ、必死に肛門を引き締めて暴発を堪え、

少しでも長く味わおうと努めたのだった。

4

「アアッ……！」

史郎がズンズンと股間を突き上げはじめると、跨がっている亜以子が熱く喘いだ。

溢れる愛液で、動きはすぐ滑らかになり彼も快感が増したが、ふと思い立って突き上げを止めた。

「下になって」

彼が言うと、亜以子は快楽を中断され、少々戸惑いながらも股間を引き離して仰向けになってきた。

史郎は入れ替わりに上になり、彼女の両脚を浮かせて白く豊満な尻を突き出させた。

「お尻に入れるよ」

彼は言い、割れ目から滴る愛液に潤う、尻の谷間の蕾に先端を押し当てた。

「ま、待って……」

「どうしても無理なら止《よ》すから」

不安げに言う亜以子に答え、彼は油断している隙《すき》にズブリと押し込んでしまった。

「あう……！」

亜以子が眉《まゆ》をひそめて呻いたが、実にタイミングが良かったか、愛液に濡れていたため、張りつめた亀頭の最も太いカリ首までが潜り込んでしまったのだ。

丸く開いた肛門の襞が伸びきって光沢を放ち、あとはズブズブと比較的滑らかに根元まで押し込むことが出来た。

史郎は、熟れた亜以子の肉体に残る、唯一の処女の部分を征服し、尻の丸みに股間を密着させた。

さすがに入り口は狭いが、中は思ったより楽でベタつきもなく、むしろ滑らかな感触であった。

「く……」

亜以子は異物の感触に脂汗《あぶらあせ》を滲ませて呻き、快楽から一気に苦痛に落とされたようだった。

この、アヌス処女喪失の様子も、しっかりと録画されていることだろう。

「大丈夫なら、割れ目が空いているんだから自分でいじってごらん」

締め付けを味わいながら言うと、亜以子も朦朧《もうろう》としながら、ノロノロと自分で乳首をいじって巨乳を揉み、もう片方の手を割れ目に這わせた。

そして愛液のついた指の腹で、クリトリスを擦りはじめたのである。

そうか、彼女はこんなふうにオナニーしているのかと史郎は興奮を高め、きつい穴に向けて徐々に腰を突き動かしはじめていった。

「アアッ……」

亜以子は熱く喘ぎ、違和感も次第に麻痺《まひ》したように乳首とクリトリスへの愛撫をリズミカルにさせていった。

膣内の収縮と連動するように直腸が締まり、括約筋《かつやくきん》の緩急《かんきゅう》も慣れてきたのか滑らかに動けるようになっていった。

史郎も、恐らく俊之も味わっていないであろう亜以子の処女の部分を味わい、急激に絶頂が迫ってきた。

「アアッ……！」

彼女も夢中でクリトリスを擦って息を弾ませ、指の動きに合わせてピチャクチャと淫らに湿った音を立てていた。

たちまち彼は心地よい摩擦に包まれ、亜以子の淫らな姿を見ながら、気遣いも忘れて股間をぶつけるように動いた。

そして内壁の感触と締め付け、股間に当たって弾む尻の心地よさに、あっという間に昇り詰めてしまった。

「く……！」

史郎は絶頂の快感に呻き、熱い大量のザーメンをドクンドクンと勢いよく内部にほとばしらせた。

「あう……！」

すると射精の温もりを感じたか、亜以子も呻いてガクガクと熟《う》れ肌《はだ》を痙攣させたのだ。

あるいはクリトリスの刺激でオルガスムスに達してしまったのかも知れない。

肛門の収縮が増し、内部に放たれたザーメンのため、さらに動きがヌラヌラと滑らかになった。

「ああ、気持ちいい……」

史郎はうっとりと喘いで快感を嚙み締め、心置きなく最後の一滴まで底のない穴の奥に出し尽くしていった。

満足しながら徐々に動きを止めてゆき、荒い呼吸を繰り返すと、彼女も乳首とクリトリスから指を離し、いつしかグッタリと身を投げ出していた。

そして彼が引き抜こうとする前に、ヌメリと収縮でペニスが押し出されてきた。

まるで排泄《はいせつ》するようにモグモグと肛門が収縮し、やがて彼自身はヌルッと抜け落ちてしまった。

見ると肛門は一瞬丸く開いて粘膜を覗かせ、すぐにつぼまって元の可憐《かれん》な形状に戻っていった。

ペニスに汚れの付着などはないが、余韻を味わう前に洗った方が良いだろう。

「さあ、バスルームへ」

彼は言い、グッタリしている亜以子を引き起こし、ベッドを降りると一緒にバスルームへと移動した。

シャワーの湯を出して互いの全身に浴びせると、彼はボディソープでペニスを洗い、湯で流してから回復を堪えて放尿《ほうにょう》し、中まで洗い流した。

もちろん一回で終える気はなく、二度目は正規の場所に放ちたかった。

回復しそうなので、途切れ途切れの放尿を亜以子の熟れ肌に浴びせてやったが、彼女は椅子に掛けたまま反応しなかった。

やはりまだ異物感が残っているのだろう。

放尿を終えると彼は床に座り、

「今度は君が出して」

目の前に亜以子を立たせて言った。

股間に顔を埋め、すっかり薄れた匂いを貪って割れ目を舐めると、すぐにも新たな愛液が溢れて舌の動きが滑らかになった。

「アア……」

亜以子も余韻に肌を震わせて喘ぎ、懸命に下腹に力を入れて尿意《にょうい》を高めた。

すると柔肉が蠢き、間もなくチョロチョロと熱い流れがほとばしってきた。

それを舌に受けて味わい、淡く上品な味と匂いを堪能して喉を潤した。

勢いがついて溢れた分が温かく肌を伝い流れ、たちまち彼自身はすっかりピンピンに回復してしまった。

亜以子はガクガクと膝を震わせて、ようやく放尿を終え、彼が余りの雫をすすって舌を這わせると、

「あう、もう……」

ビクッと股間を引き離して言い、また椅子に座り込んだ。

もう一度二人でシャワーを浴び、支えて立たせると互いの身体を拭《ふ》き、バスルームを出て再びベッドへと戻っていった。

「まだ痛い？」

「いえ、でも変な感じが残って……」

訊くと亜以子が小さく答えた。

「じゃ、舐めてから跨いで入れて」

史郎が仰向けになって言うと、亜以子もフラフラと従って移動し、彼の股間に屈《かが》み込んできた。

自分のアヌス処女を奪った先端に舌を這わせ、張りつめた亀頭にしゃぶり付き、たっぷりと生温かな唾液にまみれさせてくれた。

喉の奥までスッポリと呑み込んで舌をからめ、彼の股間に熱い息を籠もらせて吸いながら、顔を上下させてスポスポとリズミカルに摩擦した。

「いいよ、入れて……」

すっかり高まった史郎が言うと、亜以子もスポンと口を引き離して身を起こし、前進して跨がってきた。

唾液に濡れた先端に割れ目を押し当て、ゆっくり腰を沈ませて根元まで膣口に受け入れていくと、

「アァッ……！」

亜以子が完全に股間を密着させ、顔を仰け反らせて喘いだ。

やはりこの場所の方が良く、しかもアナルセックスですっかり下地が出来ていたように、すぐにも快感が高まったようだ。

史郎も、やはり膣内の方が良いと実感し、温もりと感触を味わった。

そして両手を伸ばして彼女を抱き寄せ、両膝を立てて豊満な尻を支えた。

急にアナルセックスの衝動に駆られたが、これでさっきの順序に戻ったわけだ。

史郎は潜り込んで左右の乳首を舐め回し、顔中で柔らかな巨乳を味わいながら、徐々にズンズンと股間を突き上げていった。

「ああ……」

亜以子が熱く喘ぎ、彼は下から顔を抱き寄せてピッタリと唇を重ねた。

舌をからめると、彼女も激しく蠢かせ、突き上げに合わせて腰を遣いはじめた。

もう心根よりも熟れた肉体が反応し、否応なく動いてしまうようだ。

膣内の収縮と潤いが増し、溢れた愛液が陰嚢の脇を伝い、彼の肛門の方まで生温かく濡らしてきた。

動きに合わせてクチュクチュと摩擦音が響くと、

「あう、いきそう……」

亜以子が口を離し、唾液の糸を引きながら熱く口走った。

やはりさっきのオルガスムスはアヌスの違和感とクリトリスへの刺激によるもので、今こそ本格的な絶頂が迫っているようだった。

史郎は美女の熱く湿り気ある息を嗅ぎ、悩ましい白粉臭《おしろいしゅう》で鼻腔を刺激されながら高まっていった。

「い、いく……。アアーッ……！」

たちまち亜以子がガクガクと痙攣しながら喘ぎ、本格的なオルガスムスに達してしまったようだ。

その収縮に巻き込まれ、続いて史郎も昇り詰め、快感とともにありったけの熱いザーメンをほとばしらせた。

「あう！」

亜以子は噴出を感じ、駄目押しの快感に狂おしい身悶えを繰り返すのだった。

5

「安岡が、あなたに会いたがっているわ」

身繕《みづくろ》いをしながら、亜以子が言った。

「そう、どうせ誰かから宝くじのことを聞いたんだろう。もう僕と奴は関係ないんだから行く気はない」

史郎は答え、やがて彼女と一緒にマンションを出た。

そして銀行に寄って、亜以子の今日の分の入金をしてやり、そこで彼女とは別れた。

亜以子は夕食の買い物に行き、もちろん病院になど寄らず、美鈴のいる家へ帰るだけだろう。

(行ってみるか……)

ふと史郎は思い、俊之の入院している病院へ行ってみる気になった。

確かに、もう史郎も退職したのだから会う理由などないし、借金を申し込まれても一円たりとも出してやる気はない。

ただ亜以子や美鈴と懇《ねんご》ろになり、そんな関係を秘めたまま俊之に会い、心の中で快哉《かいさい》を叫んでやろうという思いが彼の胸に湧《わ》いたのである。

手ぶらも何だから、一番安い果物セットを買って病院に行き、受付で聞いて病室へ行くと、個室のベッドに俊之が横になっていた。

ガキ大将の大男で、長く史郎は使い走りをさせられ、しかも憧れの亜以子を手に入れた憎い奴だが、今はだいぶやつれて頬もこけた感じである。

怪我《けが》以上に、迫っている倒産と破産、さらには離婚のことまで言われているのか、自信満々だった社長の面影はない。

「おお、来てくれたか、入江……」

俊之が力なく言った。

「具合はどうだ、安岡」

史郎は果物を置いて言い、椅子に座った。

見回すと、やはり日頃から妻子のみならず社員からも嫌われていたので花一輪飾られていない。

「もう、からきしダメだ。金が底を突いて気持ちが鬱《ふさ》ぎ、怪我も一向に良くならない」

俊之が嘆息《たんそく》して言った。

「それより入江、宝くじで一億円入ったそうじゃないか」

彼が、目に光を取り戻して言い、縋《すが》るように史郎に言った。

「ああ、それを元に、どこか地方でも行って事業を始めるさ」

「事業？　なんの……」

「これから考える」

史郎は素っ気なく言った。本当は同じ街にマンションを買ったが、あとから調べられるのも面倒なので遠くと言ったのだ。

「ゆ、融資してくれないか。必ず返す」

「無理だね。必ず返せない。銀行さえ見捨てた奴に貸して良いことなど一つもない。逆の立場ならお前だってそう答えただろう」

「た、頼む……」

「頼まれても無理だ。もう俺は退職しているし何の関係もない。今日は仕事で世話になった礼と、別れに来ただけだ」

言って史郎は立ち上がった。

「お、おい、待ってくれ……。退院しても、俺には行くところがないんだ……」

俊之が半身を起こそうとしたが、苦痛に顔を歪《ゆが》めた。

もう家や土地も売りに出し、間もなく会社も人手に渡るだろう。

その上、亜以子と美鈴も俊之に関わらないようにしているようだ。

「自分のことは自分でな。では」

史郎は言い、そのまま病室を出た。

好《い》い気味だが、自分が悪役のようで後味は良くない。

まあ、会うだけ会ってすっきりしたし、これでもう奴に会うこともないだろう。

そして史郎が病院を出ると、そこに見覚えのある若い女性が立っていた。

「あ、君は」

「入江さん、バイトしていた田村志保《たむらしほ》です。美鈴の先輩の」

言われて思い出した。美鈴の口利きで、短い間だったがバイトで倉庫の整理をしていた子だ。

確か大学四年だから二十二、三歳だろう。

長い黒髪にメガネ、真面目で清楚な印象で図書委員とでもいった感じだ。

「どうしたの、こんなところで。まさか安岡の見舞いに？」

「ええ、そのつもりだけど迷っていて」

志保が答え、困ったように俯いた。

「何を迷うの？　良ければ話を聞くよ」

「ええ……」

言うと彼女は迷い、それでも見舞いは止めにしたらしく、彼と一緒に駅方面へと歩き出した。

「実は、お金をもらいに行こうと思っていたのだけど、無理ですね」

「未払いのバイト料かな。いくら？」

「二十万です」

「そう、今の奴には無理だろうね」

「やはり、そうですか……」

志保も、後輩である美鈴から事情は聞いているらしく、金は取れないだろうと諦《あきら》めているようだ。

「そんなにバイト料が溜まっていたのか」

史郎が歩きながら言うと、志保が顔を上げて答えた。

「バイト料は全部もらいました。二十万は、一回セックスした分です」

「え……？」

言われて、史郎は目を丸くした。

俊之の女癖の悪さは知っているが、こんな若い女子大生にまで手を出していたのかと、さらに年下の美鈴を抱いている史郎は、自分のことを棚に上げて思った。

「バイトしているとき、一回させてくれたら二十万だって言うので」

「へえ、その頃は景気が良かったんだな。それで、させちゃったんだね？」

「ええ、彼氏と別れて自棄《やけ》になっていたし、一度きりだと言うし、欲しかった服もあったので……」

志保が、俯きながら正直に答えた。

清楚な見かけによらず、大胆に身体を開いてしまったところは、いかに傷心で自分を見失っていたにしても、やはり現代っ子なのかも知れない。

また、そんな話を打ち明けるほど、史郎は優しく包容力があるように思われていたのだろう。

「それで支払われなかったのか」

「はい、会うたびに言うと逃げるし、そのうち顔を合わせないようになって延び延びになって、そのうちあの事故で」

「そうか、ひどい奴だ」

史郎は言いながら、思わず股間が熱くなってきてしまった。

一見地味に見えるが志保はいい女で、俊之の見る目だけは認めざるを得なかった。

まして俊之からすれば、志保は娘と同じ女子大で、美鈴の先輩という背徳感もあったに違いない。

「突っ込んだ話だけど、奴は何か変態的な行為とかしなかった？」

「いえ、シャワーのあと、少しいじって入れて、すぐ終わっただけです。三十分もかからなかったけど、それで二十万を要求するのはいけないですね」

「いや、金額は奴が言い出したんだろうから逃げるのは卑怯《ひきょう》だ」

史郎は言い、駅に着いたので志保を少し待たせ、ATMで四十万引き出して封筒に入れ、そのまま外で待っている彼女に渡した。

「え？　何ですか、これは」

「しまっておきなさい。僕が奴から二十万取り立てるから」

「でも、ずいぶん多いです」

志保は、チラと封筒の中を覗いて言った。

「それは、これから僕としてほしいからだ」

「入江さんと……？」

言うと志保は頬を強ばらせ、レンズの奥から彼を見た。

「奴との嫌な思い出を消してあげる。いや、バイト気分の軽い気持ちでいいよ」

笑みを浮かべて言ったが、志保は俯いたままだ。

やはり一度俊之としたものの、金銭がからむことに抵抗があるのだろう。

「あ、落ち込まないようにね。本来は楽しいことなのだから」

「いえ、大丈夫です。社長なんかより、入江さんの方がずっと素敵ですから」

志保が顔を上げて言い、じゃＯＫなのだろうと史郎は舞い上がった。

「じゃ行こうか。あそこが僕のマンションなんだ」

史郎は言って指差し、志保を誘ってマンションに行った。

決心すると、もう志保もためらいなく従って、やがて密室に入った。

「すごいお部屋ですね……」

「うん、引っ越してきたばかりだからね」

志保がリビングを見回して言い、彼は答えながら彼女を寝室に招いた。

もちろん志保は、室内に籠もる情事の痕《あと》など気づきはしていないようだ。

そして史郎も、亜以子としたばかりだが淫気《いんき》はリセットされ、痛いほど股間が突っ張ってきてしまった。

それに彼は、さっき亜以子とのあとにシャワーを浴びたばかりである。

ただ、隠し撮りのスイッチを入れる隙はないようだ。

「じゃ、脱いでね」

「あの、その前にシャワーを……」

「ううん、そのままがいいんだ。僕はさっき浴びたばかりで綺麗だからね」

言いながら脱ぎはじめると、

「だって、ゆうべお風呂に入ったきりだし」

志保はモジモジと言ったが、やがて意を決したように、ブラウスのボタンを外しはじめてくれたのだった。

第四章　メガネ美女の淫望《いんぼう》

1

「アア、恥ずかしいわ。本当にシャワー浴びなくていいんですか、かなり汗ばんでいるのに……」

「うん、僕はせっかくの美女を粗雑に扱うような社長とは違うからね」

史郎は言いながら、一糸《いっし》まとわぬ姿になった志保をベッドに仰向《あおむ》けにさせ、自分も全裸になって迫った。

二十代前半の女子大生、しかも美鈴の先輩で、黒髪の長い清楚な美女だ。

真面目そうな印象が良かったので、全裸だがメガネだけは掛けたままにしてもらった。

着衣だとほっそり見えたが、着痩《きや》せするたちか案外乳房も豊かで、腰のラインも豊満である。

大人しげに見えるが、一人の彼氏と付き合い、別れてからは俊之に一回させたと言うから、それなりに快感も知って好奇心も旺盛《おうせい》なのだろう。

史郎は屈《かが》み込み、まず志保の足裏に舌を這《は》わせはじめた。

かなりシャワーを浴びていないことを気にしているので、なおさら羞恥《しゅうち》を煽《あお》りたかったのである。

「あう、そんなところを……！」

思った通り、志保はビクリと激しく反応して呻《うめ》いた。

挿入《そうにゅう》射精だけが目的で、ろくに愛撫《あいぶ》などしない俊之は元より、志保の元彼も足指など舐めないダメ男だったらしい。

史郎はスベスベの足裏を舐め回し、縮こまった指の間に鼻を割り込ませて嗅《か》いだ。

やはり彼女も病院まで行って、俊之に支払いを求めていただけあり、相当に緊張して汗ばみ、蒸れた匂いが濃厚に沁《し》み付いて鼻腔《びこう》を刺激してきた。

「いい匂い」

「ああ、嘘です……」

うっとり嗅ぎながら思わず言うと、志保が声を震わせ、羞恥に腰をくねらせた。

史郎は充分にムレムレの匂いを貪《むさぼ》ってから爪先にしゃぶり付き、指の股に舌を潜《もぐ》り込ませ、生ぬるく籠《こ》もる汗と脂《あぶら》の湿り気を執拗《しつよう》に味わった。

「あう、ダメです。汚いのに……」

志保は激しく喘《あえ》ぎ、彼の口の中で指を縮めて舌を挟み付けた。

彼は両足とも、女子大生の味と匂いをしゃぶり尽くすと、大股開きにさせて脚の内側を舐め上げていった。

白くムッチリした内腿《うちもも》は、実に滑《なめ》らかな舌触りで、股間に迫ると熱気と湿り気が感じられた。

中心部に目を凝《こ》らすと、丘に茂る恥毛《ちもう》は情熱的に濃く密集し、割れ目からはみ出した陰唇《いんしん》はすでに大量に溢《あふ》れた愛液でヌラヌラと潤《うるお》っていた。

指で陰唇を左右に広げると、中は綺麗なピンクの柔肉《やわにく》で、艶《なま》めかしい膣口《ちつぐち》が襞《ひだ》を震わせて息づき、小さな尿道口も見え、クリトリスも小指の先ほどもあって勃《ぼっ》起《き》し、艶《つや》やかな光沢《こうたく》を放っていた。

「アア……」

彼の熱い視線と息を感じただけで、志保は白い下腹をヒクヒク波打たせて喘いだ。

彼も堪《たま》らずに顔を埋め込み、柔らかな恥毛に鼻を擦《こす》りつけて嗅いだ。隅々には、生ぬるく蒸れた汗とオシッコの匂いが悩ましく籠もって鼻腔を刺激した。

「そ、そんなに嗅がないで……」

史郎が夢中になって鼻を鳴らしているものだから、志保は激しい羞恥に声を上ずらせ、内腿でキュッときつく彼の両頬《りょうほほ》を挟み付けてきた。

史郎も充分に鼻腔を満たしてから舌を挿《さ》し入れ、淡い酸味のヌメリでクチュクチュと膣口を掻《か》き回し、ゆっくりクリトリスまで舐め上げていった。

「アアッ……。い、いい気持ち……！」

ようやく志保も羞恥を超え、正直に口走るようになってきた。

彼は味と匂いを堪能《たんのう》すると、志保の両脚を浮かせて白く形良い尻に迫った。

谷間には、薄桃色の可憐《かれん》な蕾《つぼみ》がひっそり閉じられ、細かな襞を震わせていた。

鼻を埋め込むと、顔中にひんやりした双丘《そうきゅう》が心地よく密着して弾《はず》み、蕾に籠もる蒸れた微香《びこう》が悩ましく鼻腔を刺激してきた。

舌先でチロチロと蕾をくすぐるように舐め回し、ヌルッと潜り込ませて滑らかな粘膜を探ると、

「あう……、ダメ……」

志保が驚いたように呻き、キュッと肛門で彼の舌先を締め付けながら、浮かせた脚を震わせた。

史郎は舌を蠢《うごめ》かせて粘膜を味わい、ようやく脚を下ろして再び割れ目に戻り、量の増したヌメリを掬《すく》い取り、クリトリスに吸い付いていった。

「い、いきそう……。どうか入れてください」

絶頂を迫らせた志保が朦朧《もうろう》となり、挿入をせがんできた。

史郎も身を起こして股間を進め、先端を濡れた割れ目に擦りつけ、充分にヌメリを与えてから膣口に挿入していった。

ヌルヌルッと根元まで押し込んで股間を密着させると、

「アアッ……！　すごい……！」

志保が身を弓なりに反《そ》らせて喘ぎ、支えを求めるように両手を伸ばしてきた。

史郎は肉襞《にくひだ》の摩擦と潤い、温もりと感触を味わいながら脚を伸ばし、身を重ねていくと彼女も下から激しくしがみついてきた。

まだ動かず、彼は屈み込んでチュッと乳首に吸い付き、舌で転がしながら顔中で張りのある膨《ふく》らみを味わった。

左右の乳首を含んで舐め回し、さらに彼女の腕を差し上げて腋《わき》の下にも鼻を擦りつけた。そこは生ぬるく湿り、甘ったるい汗の匂いが濃く籠もっていた。

そして女子大生の体臭で胸を満たしてから、仰《の》け反《ぞ》る首筋を舐め上げると、

「お、お願い。突いてください……」

志保が快感に夢中になってせがみ、自分からズンズンと股間を突き上げてきた。

合わせて史郎も腰を突き動かしながら、上からピッタリと唇を重ねていった。密着する唇の柔らかな感触と唾液《だえき》の湿り気を味わい、舌を挿し入れて滑らかな歯並びを左右にたどると、

「ンンッ……」

志保も熱く鼻を鳴らし、歯を開いて舌をからめてきた。

史郎は、生温かな唾液に濡れて滑らかに蠢く舌を味わいながら、腰を突き動かしたが、何しろ今日は濃厚なセックスをしたあとだから暴発の心配もない。それにまだ、おしゃぶりもしてもらっていないのだから、ここで早々と果てる気はなかった。

志保の熱い息に鼻腔を湿らせ、さらに律動《りつどう》を強めていくと、

「アアッ、すごい……！」

志保が口を離し、顔を仰け反らせて喘いだ。

口から吐き出される熱く湿り気ある息は、シナモンに似た匂いを含み、悩ましく彼の鼻腔を刺激してきた。

股間をぶつけ合うように激しくなった互いの動きに合わせ、ピチャクチャと淫《みだ》らな摩擦音が聞こえ、揺れてぶつかる陰嚢《いんのう》も生ぬるくまみれた。

「い、いきそうよ……」

「待って。ここで一度休憩してバスルームへ行こうか」

喘ぐ志保に彼が囁《ささや》いて動きを止めると、

「え……？」

彼女も驚いたように硬直し、レンズ越しに史郎を見上げてきた。

「やっぱり、匂ったんですね……」

「そうじゃなく、バスルームで君がオシッコするところを見たいんだ」

「そ、そんな……」

言うと彼女は驚き、反射的にキュッときつく締め付けてきた。

史郎は身を起こし、ゆっくり引き抜いていった。

「ああ……」

志保が名残《なごり》惜しげに声を洩《も》らし、完全に離れると力が抜け、支えを失ったようにグッタリとなった。

「さあ、立てるかな」

史郎は言って支え起こし、何とかベッドを降りてフラつく志保と一緒にバスルームへと移動していった。

中に入るとバスルームの湯を出し、身体などろくに流さないまま彼は床に腰を下ろし、目の前に志保を立たせた。

「じゃ、ここに足を乗せて」

言って足首を摑《つか》んで浮かせ、片方の足をバスタブのふちに乗せさせると、開いた股間に顔を埋めた。

「じゃ、出るとき言ってね」

「こ、このままするんですか……」

腰を抱えて言うと、志保はビクリと尻込みして声を震わせた。

もちろん彼女にとっては、初めての行為であろう。

陰唇の間に舌を挿し入れて舐めると、柔肉は新たな愛液が溢れ、ヌラヌラと動きが滑らかになった。

「アア、無理です。出ません……」

「待つから大丈夫。少しでいいから。それをしたら、もう抜かずに最後まで気持ち良くさせるからね」

股間から言うと、志保はガクガク膝《ひざ》を震わせながら、しなければ終わらないと悟ったようだ。

それに彼女は緊張しながら病院の前に行ったので、言われて初めて尿意《にょうい》が高まっていることにも気づいたらしい。

舐めているうち奥の柔肉が迫《せ》り出すように盛り上がり、味わいと温もりが微妙に変化してきた。

「あう、出そうです。いいんですか、離れなくて……」

志保が息を詰めて言うなり、熱い流れがほとばしってきたのだった。

2

「アアッ……、ダメ……！」

チョロチョロとか細い放尿《ほうにょう》が始まると、志保は声を震わせ、立っていられないほどガクガクと膝を震わせた。

史郎は熱い流れを口に受け、淡く控えめな味と匂いを堪能しながら、うっとりと喉《のど》を潤した。

さすがに彼女もバスルームだからメガネは置いてきて、美しい素顔を見上げるのも新鮮だった。

否応《いやおう》なく流れの勢いが増すと、口から溢れた分が温かく胸から腹に伝い流れ、待ち切れないほどピンピンに勃起しているペニスが心地よく浸《ひた》された。

やがてピークを過ぎると急に勢いが衰《おとろ》え、間もなく流れは治《おさ》まってしまった。

見ると、ポタポタ滴《したた》る余りの雫《しずく》に新たな愛液が混じり、ツツーッと滴ってきた。

彼は残《のこ》り香《が》の中でそれを舐め取り、舌を挿し入れて蠢かすと、すでにオシッコの味わいは洗い流され、淡い酸味のヌメリが舌の動きを滑らかにさせた。

「も、もう……」

志保が言って足を下ろすと、力尽きたように座り込んできた。

彼は志保を支え、シャワーを浴びて立ち上がった。

「潤いが消えるから、割れ目はあまり流さないで」

言うと彼女も、オシッコで濡らした内腿だけ洗った。

やがて身体を拭《ふ》き、互いに全裸のままベッドに戻ると、史郎は再び彼女にメガネを掛けさせて仰向けになった。

「ここ舐めて」

両脚を浮かせて抱え、尻を突き出すと志保もためらいなく屈み込み、チロチロと彼の肛門を舐め回してくれた。

「中にも入れて、あう……」

言うと彼女もヌルッと舌を潜り込ませ、史郎は肛門で美人女子大生の舌先をキュッと締め付けた。

志保も自分がされたように、熱い鼻息で陰嚢をくすぐりながら内部で舌を蠢かせた。

滑らかに舌が動くたび、勃起したペニスがヒクヒクと上下した。

やがて脚を下ろし、

「ここもしゃぶって」

陰嚢を指して言うと、志保も素直に舌を這わせて睾丸《こうがん》を転がし、袋全体を生温かな唾液にまみれさせた。

そしてせがむように幹を震わせると、いよいよ志保も身を乗り出し、肉棒の裏側をゆっくり舐め上げてきた。

滑らかな舌が先端まで来ると、彼女は粘液の滲《にじ》む尿道口を舐め、張りつめた亀頭にしゃぶり付いた。

「深く入れて……」

快感を味わいながら言うと、志保も丸く開いた口でスッポリと喉の奥まで呑《の》み込み、幹を締め付けて吸い、熱い鼻息で恥毛をくすぐった。

口の中ではクチュクチュと滑らかに舌が蠢き、たちまち彼自身は生温かく清らかな唾液にまみれた。

ズンズンと小刻《こきざ》みに股間を突き上げると、

「ンン……」

喉の奥を突かれた志保が小さく呻き、自分も合わせて顔を上下させ、濡れた唇でスポスポと摩擦を開始してくれた。

「ああ、気持ちいい……」

史郎もすっかり高まって喘ぎ、やがて彼女の手を握って引っ張ると、ようやく志保もスポンと口を離して顔を上げた。

「上から跨《また》いで入れて」

言うと彼女も仰向けの史郎の上を前進し、ペニスに跨がってきた。

片膝を突いて割れ目を先端に当てると、幹に指を添えて腰を沈め、ゆっくり膣口に受け入れていった。

たちまちペニスはヌルヌルッと肉襞の摩擦を受けながら根元まで嵌《は》まり込み、

「アアッ……！」

志保が完全に股間を密着して座り込むと、顔を仰け反らせて喘いだ。

史郎も温もりと感触を味わい、両手を伸ばして彼女を抱き寄せた。

志保が覆《おお》いかぶさるように身を重ねると、彼はしがみつき、僅《わず》かに両膝を立てて弾力ある尻を支えた。

顔を引き寄せて唇を重ね、舌を挿し入れてからみつかせると、志保もチロチロと蠢かせてくれた。

下向きなので、たまにトロリと生温かな唾液が滴り、

「もっと出して……」

唇を合わせたまま囁くと、志保も懸命に分泌《ぶんぴつ》させ、トロトロと注ぎ込んできた。

多くの衝撃的な体験と、快感への期待に朦朧となり、もう彼女は何でも言いなりになってくれた。

史郎は、生温かく小泡の多い唾液を味わい、うっとりと喉を潤しながらズンズンと股間を突き上げはじめた。

「ンンッ……！　い、いい……」

志保が呻くなり、すぐに口を離して熱く喘いだ。

史郎はメガネ美女の喘ぐ口に鼻を押し込み、シナモン臭の刺激を含んだ吐息で鼻腔を満たしながら、次第に激しく股間を突き上げていった。

溢れる愛液が陰嚢の脇を伝い流れ、肛門の方まで生ぬるく濡らし、次第に彼女も腰を動かしはじめた。

動きに合わせてクチュクチュと淫らに湿った摩擦音が響き、膣内の収縮が活発になっていった。

「い、いきそう……」

志保が口走り、ヒクヒクと肌を波打たせはじめた。

史郎も我慢できなくなり、女子大生のかぐわしい吐息を嗅ぎ、肉襞の摩擦の中で昇り詰めてしまった。

「く……！」

絶頂の快感に呻きながら、ありったけの熱いザーメンをドクンドクンと勢いよくほとばしらせると、

「い、いっちゃう……。アアーッ……！」

噴出を感じた志保も、続いてオルガスムスのスイッチが入ったように声を上ずらせ、ガクガクと狂おしい痙攣《けいれん》を開始した。

収縮も最高潮になり、さらに奥へ奥へ吸い込むような締め付けが加わった。

「ああ、いい……」

史郎も快感を嚙《か》み締め、心置きなく最後の一滴まで出し尽くしてしまった。

満足しながら突き上げを弱めていくと、

「アア……」

志保もか細く声を洩らし、強《こわ》ばりを解いてグッタリともたれかかってきた。

まだ膣内はキュッキュッと収縮が繰り返され、刺激されるたび射精直後で過敏になった幹がヒクヒクと内部で跳ね上がった。

「く……。も、もうダメ……」

彼女も敏感になって呻き、史郎は重みと温もりの中、シナモン臭の吐息を胸い

っぱいに嗅ぎながら、うっとりと快感の余韻《よいん》を味わったのだった。

やがて呼吸も整わないまま、志保はそろそろと股間を引き離してゴロリと横になったので、彼は腕枕してやった。

「こんなに感じたの、初めてです……」

志保が身を寄せ、荒い息遣《いきづか》いで囁いた。

「そう、元彼は若いから早いだろうし、安岡は入れて出すしか能のない男だからね」

「ええ……」

「シャワー浴びる前に舐めたり、オシッコを飲んだりしない奴らばっかりだから。今日したのが本当のセックスだよ」

「アア……」

言うと、志保は羞恥を甦《よみがえ》らせたように声を震わせた。

そして思い出したようにピクンと肌を震わせていたが、ようやくそれも治まると、いつしか志保は彼の腕枕で軽やかな寝息を立てていた。

緊張が解け、快楽の余韻の中で睡《ねむ》りに落ちてしまったようだ。

美人女子大生だが、やはりまだまだ幼い部分も残しているのだろう。

史郎は志保の頭の重みで腕が痺《しび》れるのも心地よく思い、彼女が目を覚ますまでじっとしていてやったのだった。

(この次は、ちゃんと隠し撮りをしておきたいな……)

彼は思ったが、せっかくの録画も、観てオナニーする暇《ひま》もなく、連日のように生身の女体に巡り会えるのである。

(そうだ。明日はあれをしてみよう)

史郎は思いつき、志保に腕枕しながら、右手で枕元のスマホを取り、亜以子にラインをした。

「明日午後来てほしい。もちろんシャワーを浴びずに」

そう打ち、続けて、

「高校時代のセーラー服、もう残ってないかな？」

と訊《き》くと、間もなく亜以子から返信があり、さすがに卒業して二十年以上経《た》つので取っていないようだ。

どうしても同級生だから、亜以子の高校時代のイメージを甦らせたいのである。

「ならば、娘さんの高校時代の制服ならまだあるだろう。それを持って来てほしい」

そのように打った。

美鈴なら、まだ高校を卒業して数カ月だし、亜以子もそれほど太っていないので何とか着られるだろう。

すると亜以子からも、渋々承諾の返事があった。

史郎はスマホを切り、明日への期待に胸を膨らませ、志保が起きるのを待った。

関係した女性と裸で寝ているのに、次の女性と連絡を取ることに、彼は背徳の興奮を覚えたのだった。

3

「たぶん、小さくて着られないわ……」

亜以子が、美鈴の高校時代の制服を持って来て、不機嫌そうに史郎に言った。

この、素っ気ないツンとした表情が亜以子の魅力なのである。

何度抱いても慣れた様子を見せないが、いったん燃えると快楽に夢中になってしまう、そんなギャップが良いのだ。

「いいさ、きつめの方が色っぽいので、裸の上から着てくれ」

彼は答え、期待に勃起しながら先に脱ぎはじめた。

もちろん亜以子が来る前に、隠し撮りのセットは完了している。

覚悟して来た亜以子も、紙袋を置いて脱ぎはじめていった。室内の空気が揺らぎ、生ぬるく甘ったるい匂いが漂った。彼の言いつけを守り、シャワーも浴びずに来ているのである。

彼女が頬《ほお》を強ばらせ、ブラとショーツまで脱ぎ去り、一糸まとわぬ姿になっていく様子を、全裸の史郎はベッドに横になって眺めていた。

亜以子は全裸のまま紙袋から、娘の制服を取り出した。

史郎の母校とタイプは違うが、同じくセーラー服である。

彼女はまず濃紺《のうこん》のスカートを穿《は》き、きつそうにホックを嵌め、さらにセーラー服を着た。

それは白の長袖《ながそで》で、濃紺の襟《えり》と袖に白線が三本入っていた。スカーフは白。

彼らの母校の女子は上下とも濃紺で、スカーフは赤だったが、セーラー服姿になった亜以子を見て、彼は高校時代の憧《あこが》れを胸に甦らせた。

そう、この清楚なコスチュームと、冷たそうに整った表情に、彼は長く惚《ほ》れ込んでいたのである。

「来て」

言うと、亜以子は胸もきつそうにしながらベッドに上ってきた。

「顔に足を」

さらにせがむと、彼女も仰向けの史郎の顔の横に立ち、壁に手をついて身体を支えながら、そろそろと片方の足を浮かせ、足裏を顔に乗せてきた。

史郎はうっとりと足裏の感触を味わい、舌を這わせながら、セーラー服姿の美熟女を見上げた。

縮こまった指の間に鼻を埋め込んで嗅ぐと、やはりそこは生ぬるい汗と脂に湿り、蒸れた匂いが濃く沁み付いていた。

史郎は鼻腔を刺激されながら爪先をしゃぶり、全ての指の股にヌルリと舌を割り込ませて味わった。

「く……」

亜以子が小さく呻き、膝を震わせた。

彼は足を交代させ、そちらも存分に味と匂いを貪り尽くした。

「跨いでしゃがんで」

真下から言うと、亜以子も彼の顔の左右に両足を置き、スカートの裾《すそ》をからげながら、ゆっくりしゃがみ込んできた。

制服姿だから、まさに和式トイレスタイルを真下から見上げているようだ。脚がM字になって、脹《ふく》ら脛《はぎ》と内腿がムッチリと張りつめ、熟《う》れた割れ目が鼻先に迫ってきた。

スカートが覆いかぶさるので彼女の表情までは見えないが、熱気が籠もり、白い内腿と股間がかえって強調されるように薄暗がりに浮かび上がった。

はみ出したピンクの陰唇が、内から滲む愛液に潤いはじめていた。

いかに心を開くことはなくても、何度となくセックスしているのだから、期待に濡れてきたのだろう。

それに娘の制服を着ているという羞恥も、彼女の興奮を高めているのかも知れない。

史郎が制服姿を見たかった以上に、彼女もセーラー服を着たことによる効果が出ているようだった。

豊満な腰を抱き寄せ、柔らかな茂みに鼻を埋め込んで嗅ぐと、蒸れた汗とオシッコの匂いが悩ましく鼻腔を刺激してきた。

史郎は匂いを貪って胸を満たしながら、舌を挿し入れて膣口を探った。

淡い酸味のヌメリが舌の動きを滑らかにさせ、彼はかつて美鈴が生まれ出てきた膣口を存分に味わった。

まさか美鈴も、母親が自分の高校時代の制服を着て、史郎に股間を舐められているなど夢にも思わないだろう。

膣口の襞から柔肉をたどり、クリトリスまでゆっくり舐め上げていくと、

「アア……」

か細く喘ぐ声が、スカートの外から聞こえてきた。

彼はチロチロとクリトリスを舐め回しては、次第に溢れてくる愛液をすすった。

さらに豊満な尻の真下に潜り込み、顔中に双丘を受け止めながら谷間の蕾に鼻を埋めて嗅いだ。

蒸れた微香が籠もり、彼は貪るように刺激を味わってから舌を這わせ、ヌルッと潜り込ませて滑らかな粘膜を探った。

「く……！」

亜以子が呻き、キュッと肛門で舌先を締め付けてきた。

史郎は甘苦い微妙な味わいのある粘膜を舐め回し、出し入れさせるように蠢かせてから再び割れ目に戻り、新たなヌメリを舌で掬い取った。

「も、もう……」

亜以子が上から言い、降参するように腰をくねらせ、座り込みそうになりながら懸命に両足を踏ん張った。

「いいよ、股の間に来て」

下から彼が言うと、ようやく亜以子も股間を引き離し、大股開きになった彼の股の間に腹這《はらば》いになった。

史郎が両脚を浮かせて抱えると、亜以子も拒《こば》まず尻の谷間を舐めはじめてくれた。どうせさせられるのだし、拒む権利はないと承知しているのだ。

舌先がヌルッと潜り込むと、

「あう、気持ちいい……」

史郎は快感に呻き、モグモグと味わうように肛門で美熟女の舌先を締め付けた。

中で舌が蠢くたび、勃起した肉棒がヒクヒクと上下した。

脚を下ろすと、彼女も心得たように舌を引き離し、そのまま陰嚢を舐め回して睾丸を転がした。

さらにせがむように幹を震わせると、亜以子も身を乗り出し、肉棒の裏側を舐め上げてきた。

滑らかな舌が先端まで来ると、彼女は粘液の滲む尿道口をチロチロと舐め回し、ヌメリを拭《ぬぐ》い取ってから張りつめた亀頭をしゃぶってくれた。

股間を見ると、セーラー服姿の美熟女が、はち切れそうに制服の胸を息づかせながら、ペニスを呑み込んでいった。

彼女の高校時代の面影《おもかげ》が浮かび、史郎は感激と快感に包まれた。

当時、制服姿の彼女にしゃぶられたら、どんなに幸せだっただろう。

(いや、いま願いが叶《かな》う方が良い……)

彼は思い直した。

若い頃に恵まれすぎると、あとの悦《よろこ》びが少なくなるだろう。今あの頃の分まで取り戻しているのだから、彼は目の前にある幸せに専念した。

喉の奥までスッポリ呑み込むと、彼女は幹を丸く締め付けて吸い、熱い鼻息で恥毛をくすぐりながら、口の中ではクチュクチュと舌をからめてくれた。

「ああ、いい……」

史郎が喘ぎながら、ズンズンと股間を突き上げると、

「ンン……」

喉を突かれた亜以子も、小さく呻いて顔を小刻みに上下させ、濡れた口でスポスポとリズミカルに摩擦してくれた。

「い、いきそう。いいよ、跨いで入れて」

すっかり高まった彼が言うと、亜以子もスポンと口を離して顔を上げ、そろそろと前進してきた。

そして彼の股間に跨がり、先端に割れ目を押し当ててゆっくり座り込み、膣口に受け入れていった。

ヌルヌルッと滑らかに根元まで嵌め込んでいくと、

「アア……」

完全に股間を密着させた亜以子が、制服姿で顔を仰け反らせて喘いだ。

史郎も、肉襞の摩擦と温もりを味わった。

「奴と別れたら、俺と一緒にならないか」

彼は、締め付けられながら言った。

「死んでも嫌よ……」

すると亜以子が息を詰めて答え、彼は苦笑した。

「そう言うと思った。それでいいんだ」

むしろ史郎は、彼女のそんな返事に興奮したかったのだ。

嫌なのに一つになって喘がせる方が興奮するし、一緒に暮らしたら日常になって性欲は薄れてしまうだろう。

「でも……」

「でも何だ？」

亜以子が小さく言う。

「あなたとのセックスは、嫌ではないわ……」

しているうち、身体の愛着は確実に芽生《めば》えているのだろう。

第一、俊之などの、挿入して射精するだけの男に比べれば、細やかな愛撫をしているのである。

史郎は彼女の反応に満足しながら、両手を回して抱き寄せ、セーラー服をたくし上げて巨乳を露《あら》わにさせたのだった。

4

「アアッ……！」

女上位で交《まじ》わりながら、たくし上げたセーラー服からはみ出す巨乳に顔を埋めると、亜以子が熱く喘いだ。

史郎は左右の乳首を交互に含んで舐め回しながら、顔中に密着する豊かな膨らみを味わった。

股間を突き上げなくても、膣内の収縮がペニスを刺激し、溢れる愛液が陰嚢の脇を生ぬるく伝い流れ、肛門の方まで心地よく濡らしてきた。

両の乳首を堪能すると、彼は乱れた制服に潜り込み、腋の下にも鼻を埋め込み、甘ったるい汗の匂いで胸を満たした。

すると待ち切れないように、あるいは無意識にか、亜以子が緩《ゆる》やかに腰を動かしはじめたのだ。

史郎も徐々にズンズンと股間を突き上げながら、彼女の顔を引き寄せ、下からピッタリと唇を重ねた。

舌を挿し入れて滑らかな歯並びを左右にたどると、亜以子も歯を開いて受け入れ、ネットリと舌をからめてくれた。

生温かな唾液にまみれて滑らかに蠢く舌を執拗に味わうと、下向きのため彼女の口からトロトロと唾液が滴ってきた。

味わって喉を潤すと、快感に突き上げが激しくなり、

「ああッ……！」

亜以子が唾液の糸を引いて口を離し、熱く喘いだ。

すっかり馴染《なじ》んだ白粉臭《おしろいしゅう》の吐息で悩ましく鼻腔を刺激され、彼は肉襞の摩擦と締め付けに高まっていった。

「唾《つば》を吐きかけて……」

言うと、もう亜以子も快感に包まれてためらいなく唾液を溜《た》めて口を寄せ、ペッと吐きかけてくれた。

「アア、気持ちいい。もっと強く」

「変態……」

喘ぐと亜以子は冷ややかに言い、さっきより強めに吐きかけてきた。

甘い刺激の吐息と生温かな唾液の固まりを顔に受け、ヌルヌルにされながら史郎は昇り詰めてしまった。

「い、いく……！」

大きな快感に全身を貫《つらぬ》かれて口走り、熱い大量のザーメンをドクンドクンと勢いよくほとばしらせると、

「か、感じる……。アアーッ……！」

亜以子が声を上ずらせ、噴出でオルガスムスのスイッチが入ったようにガクガクと狂おしい痙攣を開始した。

収縮と締まりが増し、彼は心ゆくまで快感を嚙み締め、最後の一滴まで出し尽くしていった。

「ああ、良かった……」

史郎は満足して言った。やはり制服姿というのは気分も違うようだ。

突き上げを止めると、彼女も熟《う》れ肌《はだ》の強ばりを解いてグッタリともたれかかり、荒い息遣いを繰り返した。

まだ収縮する膣内でピクンと過敏に幹を跳ね上げると、

「あう……」

亜以子も敏感になって呻き、キュッときつく締め上げてきた。

史郎が亜以子の喘ぐ口に鼻を押し付け、かぐわしい吐息を胸いっぱいに嗅いで

酔いしれながら余韻を味わうと、やがて彼女が身を起こしてきた。

そして枕元のティッシュを取り、裾をめくって互いの股間にあてがった。

やはり、もう美鈴がこの制服を着るとは思えないが、内側を汚さぬよう気を使ったのだろう。

亜以子が注意深く股間を引き離しながら手早く割れ目を拭うと、彼も起きてベッドから降りた。

「バスルームへ行こう。脱がずにそのまま」

史郎は言い、彼女の手を引いて部屋を出た。

バスルームに入ると、まだシャワーの湯は出さず、彼は広い洗い場に仰向けになって両膝を立てた。

「跨いで」

言うと、亜以子も察しながらモジモジと跨がり、裾をめくってゆっくりしゃがみ込んでくれた。

やはり制服姿のまま、オシッコをしてもらいたかったのだ。

史郎はムッチリと張りつめた内腿と、まだ濡れている割れ目を見上げながら、急激にムクムクと回復していった。

「出して」

言うと亜以子も息を詰め、下腹に力を入れて尿意を高めはじめた。

膣内に舌を這わせると、新たな愛液が溢れ出し、柔肉が迫り出すように盛り上がって蠢いた。

「アア……」

やがて亜以子が小さく喘ぎ、柔肉の味わいと温もりが変化した。

同時に、チョロチョロと熱い流れがほとばしってくると、彼は口に受けて味わい、仰向けなので噎《む》せないよう注意しながら、そろそろと喉に流し込んだ。

今日も味と匂いは淡く控えめで、心地よく飲み込むことが出来たが、少量ずつなので、勢いが増すと口から溢れた分が顔を流れて耳にまで入った。

間もなく流れが治まると、彼女はビクリと内腿を震わせた。

史郎は余りの雫をすすり、残り香の中で舌を挿し入れて掻き回した。

「も、もう……」

亜以子が嫌々をし、ギュッと座り込みそうになるたび両足を踏ん張り、やがてしゃがみ込んでいられずバスタブに摑まって腰を浮かせていった。

そして手早く制服とスカートを脱ぎ去り、脱衣所に置くと、彼も身を起こしてようやくシャワーの湯を出してやった。

互いの全身を洗い流し、身体を拭くと再び全裸で部屋に戻った。

亜以子は、セーラー服とスカートを畳み、元通り紙袋に入れると、誘われるまま今度は全裸で横たわった。

「さあ、もう汚す心配もないからな。ゆっくりしよう」

史郎は言って、亜以子を四《よ》つん這《ば》いにさせると白く豊満な尻を突き出させた。

膝を突いて股間を進めてみると、舐めて濡らす必要もないほどヌラヌラと愛液が湧《わ》き出していた。

バックから先端を膣口に押し当て、感触を味わいながらゆっくり貫いていくと、

「アア……！」

亜以子が白い背中を反らせ、顔を伏せて喘ぎ、彼も心地よくヌルヌルッと滑らかに根元まで挿入した。

豊満な尻が彼の股間に密着し、心地よく弾んだ。

史郎は感触と温もりを味わいながら、腰を抱えてズンズンと突き動かし、摩擦快感を味わった。

一度果てているので、勢いをつけて動いても暴発の心配はない。

さらに彼女の背に覆いかぶさり、両脇から回した手で巨乳をわし摑みにし、なおも股間をぶつけるように動いた。

しかし、やはり顔が見えないのは物足りず、やがて彼は身を起こして引き抜くと、亜以子を横向きにさせた。

やはり余裕があるときは、いろんな体位を試してみたい。

上の脚を差し上げ、下の内腿に跨がると松葉くずしの体位で再び挿入した。

「アアッ」

一気に貫くと、亜以子が艶めかしい表情で喘ぎ、根元まで彼自身を包み込んだ。

史郎は上の脚に両手でしがみつき、ズンズンと股間を突き動かした。

互いの股間が交差しているので、吸い付くように密着感が増し、擦れ合う内腿の感触も実に心地よかった。

そして再び引き抜くと、彼女を仰向けにさせ、正常位で仕上げようと思った。

根元まで押し込んで身を重ね、胸で巨乳を押し潰した。

「両手を回して」

囁くと、亜以子も下から両手で強くしがみついた。

史郎は腰を動かし、締め付けと摩擦を味わうと、新たな愛液ですぐにも動きがヌラヌラと滑らかになり、クチュクチュと淫らに湿った摩擦音も聞こえてきた。

「アア……！」

亜以子が喘ぎ、下からも股間を突き上げはじめた。

やはりさっきは娘の制服を着ていたから、羞恥と気遣いで本格的な絶頂ではなかったのかも知れない。

愛液の量と収縮が格段に増し、彼の鼻先で熱い吐息が艶めかしく弾んだ。

その口に彼がクチュッと唾液を垂らしてやると、

「ウ……」

亜以子が眉《まゆ》をひそめて呻いた。

「飲んで」

言うと、彼女も諦《あきら》めたようにコクンと喉を鳴らしてくれた。考えてみればザーメンだって飲まされているのだ。

史郎は動きながら唇を重ね、舌をからめながら、ことさら大量の唾液を注ぎ込んだ。

亜以子も、快感で次第に抵抗感も麻痺《まひ》してきたように全て飲み込み、

「アアッ……。い、いく……！」

とうとう口を離して喘ぎ、先にオルガスムスに達してしまった。

ガクガクと狂おしく腰を跳ね上げ、彼も抜けないよう追いついて動きながら、続いて快感に貫かれていった。

「く……！」

呻きながら、ありったけのザーメンをドクドクと注入すると、

「あう……」

噴出を感じた亜以子が、駄目押しの快感に呻いて締め付けた。

史郎は股間をぶつけるように動きながら、心置きなく最後の一滴まで出し尽くしていったのだった。

5

「済みません、急に来てしまって」

翌日、訪ねてきた志保が史郎に言った。

事前に来たいというラインがあったので、今回はもちろん史郎も隠し撮りのセ

ットをすることが出来た。

そしてシャワーと放尿、歯磨きもちゃんと済ませておいた。

「うん、構わないよ。またお小遣いかな」

「いいえ、もうお金は頂きません」

訊くと、志保は心外そうに答えてレンズの奥の目を曇らせた。やはり、本来真面目な彼女は、金をもらったことを後ろめたく思っているのだろう。

「それとは別のお願いがあるんです」

「そう、言ってごらん」

リビングでなく、最初から寝室のベッドに座って彼は言った。

「実は明日、美鈴と久々に会ってランチするんですけど、そのあと二人でここへ来てもいいですか」

「ああ、構わないけど」

「実は私たち、以前からレズビアンごっこしていた関係で……。もっともキスと、アソコをいじり合う程度のものだったのですけど」

「え……」

意外な告白に、史郎はドキリと胸を高鳴らせた。

「最初は、美鈴にピルを分けたりしているうち、そうした話題になって……。あの子も好奇心から、色々セックスのことを経験者である私に相談しているうち……」

「つい、きわどい話題で盛り上がるうち女同士で見せ合ったりキスしたり……」

「ええ、私も、もともと両刀みたいな感覚があって、美鈴も懐《なつ》いてくれたので、今度は本格的に二人でしてみたいと言うと、あの子は入江さんが一緒なら良いと言ったんです」

志保が、ほんのり頬を紅潮《こうちょう》させて言う。

その言葉で、志保も彼と美鈴が関係していることを察したようだ。

「それで、3Pしてみたいという話になってしまって」

「うわ、それは大歓迎だよ」

答えながら史郎は、期待にムクムクと勃起してきてしまった。

「じゃOKですね？　私が今日ここへ来たのは内緒にしてください」

志保は言い、彼が頷《うなず》くとすぐスマホを出して美鈴にラインした。

するとすぐ返信があり、美鈴も承知したようだった。

「じゃ明日お願いします」

「うん、明日は朝からシャワーとか浴びないようにね。それからシャワートイレも使わないで」

言いながら、彼は痛いほど突っ張っている幹を震わせた。

「そんな、臭《くさ》いのが好きなんですか……」

「美女に嫌な匂いはないよ。自然のままで濃いのが好きなだけ」

史郎は言い、もう我慢できず服を脱ぎはじめた。

明日は二人を相手に好きなだけ出来るのだが、やはり今このときの欲望解消が最優先である。第一、もうベッドに向けての録画が開始されているのだ。

「分かりました。あとで美鈴にも言っておきますね。恥ずかしいけれど、入江さんが一番良い状態になってくれるのが大事だと思いますので……」

志保も羞《は》じらいながら頷き、彼に促《うなが》されてモジモジと脱ぎはじめた。

彼女もまた、明日があるけれど今も興奮を高めているのだろう。

それに明日は三人だから、今このときの二人きりも楽しみたいようだった。

「今日はシャワーは？」

「朝に浴びてしまいました」

「そう、それは残念。じゃ今日これが済んでシャワー浴びたら、明日来るまで禁止ね」

「はい……」

志保も俯《うつむ》きながら頷き、やがて彼とともに全裸になっていった。

もちろん史郎は、彼女にメガネだけは掛けさせたままにし、ベッドに仰向けにさせた。

そして彼は志保の足に屈み込み、爪先に鼻を割り込ませて嗅いだ。

「あう……」

最初にそこからと思わず、志保は羞恥にビクリと反応して呻いた。

「本当だ。蒸れた匂いは、ほんの少ししかしない」

彼は言いながらも貪るように嗅ぎ、両足ともしゃぶり尽くしてしまった。そして大股開きにさせ、スベスベの脚の内側を舐め上げ、ムッチリした白い内腿をたどって股間に迫った。

割れ目からはみ出した花びらは、早くもしっとりと清らかな蜜に潤っている。

指で陰唇を広げると、ピンクの柔肉がヌメヌメと濡れて息づき、膣口も可憐な襞を収縮させていた。

顔を埋め込み、柔らかな恥毛に鼻を擦りつけて嗅ぐと、生ぬるく蒸れた汗の匂いが淡く籠もり、悩ましく鼻腔が刺激された。

しかし、やはり匂いが薄くて物足りない。

彼は舌を這わせ、淡い酸味のヌメリを掻き回し、膣口からクリトリスまで舐め上げていった。

「アアッ……！」

志保が顔を仰け反らせて喘ぎ、内腿で彼の両頬を挟み付けてきた。

史郎は味と匂いを堪能してから彼女の両脚を浮かせ、可憐な蕾に鼻を埋め込み、顔中に密着する双丘の弾力を味わった。

やはり蕾には、蒸れた汗の匂いが淡く籠もっているだけで、彼は明日に期待しながら舌を這わせてヌルッと潜り込ませた。

「あう……」

志保が呻き、キュッと肛門で舌先を締め付けた。

やがて史郎は舌を蠢かせて滑らかな粘膜を味わい、メガネの美人女子大生の前と後ろを堪能すると、股間から顔を上げた。

そして前進し、彼女の胸に跨がり、前屈《まえかが》みになって先端を鼻先に突き付けた。

「ンンッ……」

志保もすぐに張りつめた亀頭をくわえ、熱く鼻を鳴らして吸い付いてくれた。

彼は根元まで押し込み、股間に熱い息を受けながらスポスポと摩擦して高まった。

彼女も懸命に舌をからめ、肉棒全体を生温かな唾液にたっぷり濡らしてくれた。

ようやく引き抜くと、史郎は彼女の股間に戻って先端を押し当て、正常位でゆっくり挿入していった。

彼自身がヌルヌルッと滑らかに根元まで嵌まり込むと、

「アアッ……、いい……」

志保が身を反らせて喘ぎ、キュッときつく締め付けてきた。

彼も股間を密着させ、脚を伸ばして身を重ねると、屈み込んで両の乳首を愛撫した。

舌で転がし、顔中で張りのある膨らみを味わい、腋の下にも鼻を埋め込んで淡く蒸れた汗の匂いを貪った。

すると待ち切れないように、彼女がズンズンと股間を突き上げはじめ、膣内の収縮を活発にさせていった。

志保もまた、明日への期待に高まりが早くなっているのかも知れない。

さらに首筋を舐め上げ、上からピッタリと唇を重ねると、志保も両手を回してしがみつき、ネットリと舌をからめてくれた。

史郎も突き上げに合わせて腰を突き動かしはじめると、溢れる愛液ですぐにも律動が滑らかになり、クチュクチュと湿った摩擦音が響いてきた。

「ああ……、感じる……！」

志保が口を離し、唾液の糸を引きながら顔を仰け反らせて喘いだ。

口から吐き出される、熱く湿り気ある息はシナモン臭の刺激を含み、彼の鼻腔をうっとりと掻き回した。

史郎も高まり、股間をぶつけるように激しく動くと、摩擦音に混じって肌のぶつかる音がリズミカルに鳴った。

「い、いっちゃう……。アアーッ……！」

とうとう志保が先にオルガスムスに達し、声を上ずらせながらガクガクと狂おしい痙攣を開始した。

その収縮に巻き込まれ、彼も続いて昇り詰めてしまった。

「く……！」

快感に呻き、熱い大量のザーメンをドクンドクンと勢いよく注入すると、

「あう……！」

噴出を感じた志保が、駄目押しの快感に呻いて硬直した。

史郎は心地よい摩擦と、女子大生のかぐわしい吐息を感じながら、心置きなく最後の一滴まで出し尽くしていった。

彼がすっかり満足しながら徐々に動きを弱め、力を抜いてグッタリともたれかかっていくと、

「ああ……」

志保も満足げに声を洩らし、肌の強ばりを解いてグッタリと身を投げ出していった。

まだ収縮する膣内に刺激され、彼はヒクヒクと過敏に幹を震わせた。そして志保のシナモン臭の吐息を間近に嗅ぎながら、うっとりと快感の余韻を嚙み締めた。

やがて二人で呼吸を整えると、彼は股間を引き離して身を起こし、フラつく志保を支えながらバスルームに移動した。

「さあ、明日来るまで、これが最後のシャワーだ」

彼は言って、互いの全身に湯を浴びせて股間を洗った。

そして史郎は明日を楽しみにし、今日は一回の射精にとどめ、オシッコプレイも控えたのだった。

第五章　女子大生との3P

1

「わあ、何かドキドキするわね」

史郎の部屋に入ると美鈴が言い、志保も昨日会ったばかりなのに緊張気味だった。

もちろん史郎は昼食後にシャワーと歯磨きを済ませ、隠し撮りのスイッチも入れて準備万端で、すでに激しく勃起《ぼっき》していた。

二人はどこかで昼食を済ませ、そのまま一緒に来たようだ。

もう三人で戯《たわむ》れることも女二人で話し合い、すっかり期待と羞恥《しゅうち》に包まれているようである。

「じゃ脱ごうか」

史郎は世間話など省略し、すぐにも言って自分から脱ぎはじめていった。

二人もモジモジと脱ぎはじめた。個々となら何度もしているのに、やはり三人となると気分も違うのだろう。

それでも、志保が言った。

「ね、先に私たち二人で好きにしてみたいのですけど」

「うん、いいよ。何でもしてみて」

史郎も期待に胸を高鳴らせて答え、全裸になると先にベッドに仰向《あおむ》けになった。

二人も、生ぬるく甘ったるい匂いを揺らめかせながら、みるみる白い肌を露《あら》わにしてゆき、やがて一糸《いっし》まとわぬ姿になった。

そしてベッドに上ると、二人は左右から彼を挟み付けてきた。

まず、姉貴分でメガネ美女の志保が屈《かが》み込み、チュッと史郎の左の乳首に吸い付くと、続いて可憐《かれん》な美鈴も右の乳首に唇を押し付けてきた。

「ああ……」

史郎は、二人同時に両の乳首を舐められ、熱い息に肌をくすぐられながら喘《あえ》いだ。

まさか自分の人生で、美しい女子大生二人から同時に愛撫《あいぶ》される日が来るなど夢にも思わなかったものだ。

「噛《か》んで……」

彼が言うと、二人も綺麗な歯並びで左右の乳首をキュッと噛んでくれた。

「ああ、気持ちいい。もっと強く……」

さらにせがむと、二人は充分に舌と歯で乳首を愛撫し、肌を舐め下り、ときに歯を立てて刺激してくれた。

彼が受け身になっているので、徐々に二人の緊張も解け、二人がかりで男を翻《ほん》弄《ろう》している気になってきたのかも知れない。

しかも二人は日頃から史郎がしているように、股間を後回しにして腰から左右の脚を舐め下りていったのである。

濡れた口が吸い付き、歯が立てられ、何やら彼は二人の美女に全身を食べられているような気になり、激しく勃起した幹をヒクヒク上下させた。

やがて二人は申し合わせていたように、同時に足裏を舐め、爪先にしゃぶり付いてきたのだった。

「あう、いいよ、そんなこと……」

指の股に生ぬるく濡れた舌がヌルッと割り込むたび、彼は申し訳ないような快感を味わいながら言った。

自分は年中しているが、女性にされるのは初めてであり、生温かなヌカルミでも踏むような奇妙な快感であった。

二人も厭《いと》わず、両足とも全ての指の股をしゃぶり尽くしてくれた。

そして口を離すと、二人は彼を大股開きにさせ、同時に脚の内側を舐め上げてきた。

内腿《うちもも》にもキュッと歯並びが食い込むたび、彼はウッと息を詰めて身を強《こわ》ばらせ、甘美な刺激に興奮を高めた。

やがて二人の熱い息が股間で混じり合うと、志保が彼の両脚を浮かせ、尻の谷間を舐め、美鈴は尻の丸みに舌を這《は》わせ、甘く噛んでくれた。

「ずるいわ、自分だけシャワーを浴びて」

志保が詰《なじ》るように言いながら肛門を舐め、ヌルッと舌を潜《もぐ》り込ませてきた。

「あう……」

史郎は快感に呻《うめ》き、モグモグと美女の舌を味わうように肛門で舌先を締め付けた。

志保も内部で舌を蠢《うごめ》かせてから口を離し、すかさず美鈴も同じようにしてくれた。

チロチロと舌が這い、ヌルッと潜り込むと、二人の感触の微妙な違いが分かり、そのどちらにも興奮が高まった。

ようやく二人が口を離すと彼の脚が下ろされ、二人は頬《ほお》を寄せ合いながら陰嚢《いんのう》に舌を這わせてきた。

やはりレズビアンごっこをしていただけあり、女同士の舌が触れ合っても全く気にならないようだ。

二つの睾丸《こうがん》が転がされ、袋全体が混じり合った唾液《だえき》に生温かくまみれた。

やがてしゃぶり尽くすと、二人は身を乗り出して、いよいよ屹立《きつりつ》した肉棒を同時に舐め上げてきた。

幹の裏側と側面に舌が這い、ゆっくりと先端まで来ると、粘液の滲《にじ》む尿道口が交互にしゃぶられ、張りつめた亀頭も舐め回された。

まるで美しい姉妹が、一緒にソフトクリームでも食べているようだ。あるいは女同士のディープキスの間にペニスが割り込んでいるようでもある。

そして交互にスッポリと呑《の》み込まれ、先に志保が上気《じょうき》した頬をすぼめて吸い付きながら、スポンと引き抜くと、すぐに美鈴も含んで吸い、チュパッと口を離した。

ここでも口腔《こうこう》の温もりや感触の、微妙な違いがあった。

それでも代わる代わるしゃぶられると、もう彼はどちらの口に含まれているか分からなくなってきた。

「い、いきそう……」

彼は夢のような快感に、すっかり絶頂を迫らせて口走ったが、二人は一向に強烈な愛撫を止めず、むしろ交互にスポスポとリズミカルな摩擦を繰り返していた。

どうやら、一度目はここで果てて構わないらしい。

ペニス全体は、二人のミックス唾液に生温かくまみれ、吸引と摩擦、舌に翻弄されながら、とうとう彼は溶けてしまいそうな絶頂の快感に全身を貫《つらぬ》かれてしまった。

「い、いく、気持ちいい……！」

ガクガクと腰を突き上げながら口走ると同時に、熱い大量のザーメンが勢いよくドクンドクンとほとばしった。

「ンン……」

ちょうど含んでいた美鈴が呻いて口を離すと、すかさず志保が亀頭を含み、余りのザーメンを吸い出してくれた。

「ああ……」

史郎は、魂《たましい》まで吸い取られるような快感に喘ぎ、志保の口の中に心置きなく最後の一滴まで出し尽くしてしまった。

すると志保が動きを止め、亀頭を含んだまま口に溜《た》まったザーメンをゴクリと飲み込んでくれた。

「あう」

嚥下《えんげ》とともにキュッと締まる口腔の刺激に彼は呻き、駄目押しの快感にピクンと幹を震わせた。

ようやく志保が口を離したものの、なおも幹をしごいて余りを絞《しぼ》り出し、白濁《はくだく》の雫《しずく》の滲む尿道口を舐め回してくれた。

美鈴も、もちろん口に飛び込んだ濃厚な第一撃は飲み干し、一緒になってチロチロと舌を這わせてきた。

「も、もういい……」

史郎はクネクネと腰をよじって言い、過敏に幹を震わせながら降参した。

やっと二人も舌を引っ込め、上気した顔を上げた。

「いいわ、回復するまで何でもしてあげるので言ってくださいね」

志保が言うので、彼はその言葉だけでも興奮を甦《よみがえ》らせた。

「足の裏を顔に……」

「いいわ」

余韻《よいん》の中で彼が息を弾《はず》ませて言うと、志保は答え、美鈴と一緒に立ち上がり、仰向けの彼の顔の左右に立った。

二人の女子大生の全裸を、真下から見るのは何とも壮観だった。

スラリとした脚が真上に伸び、どちらの股間も濡れているようだ。

そして遥《はる》か高みから、美しい二人の顔がこちらを見下ろしている。

まるで天女か女神が、地獄の底で蠢く餓鬼《がき》でも見下ろしているようだ。

そして二人はフラつく身体を支え合いながら、そろそろと片方の足を浮かせ、そっと彼の顔に乗せてきた。

「ああ……」

史郎はダブルの感触に喘ぎ、それぞれの足裏に舌を這わせた。

指の間に鼻を押し付けて嗅《か》ぐと、どちらも生ぬるい汗と脂《あぶら》に湿り、蒸れた匂いが濃厚に沁《し》み付いていた。やはり約束を守り、昨夜から入浴もせず、今日も朝から女二人で歩き回っていたのだろう。

彼は二人のムレムレになった指の股を充分に嗅ぎ、爪先にしゃぶり付いて全ての指の間をしゃぶった。

「あん、くすぐったいわ……」

美鈴が声を洩《も》らし、思わずバランスを崩しそうになるたびキュッと踏みつけてきた。

しゃぶり尽くすと足を交代させ、彼は両足とも味と匂いが薄れるほど貪《むさぼ》り尽くしてしまった。

その間に、彼自身はムクムクと雄々《おお》しく回復していった。

「じゃ跨《また》いで、顔にしゃがんで」

口を離して言うと、やはり年上の志保が彼の顔の左右に両足を置き、和式トイレスタイルでゆっくりしゃがみ込んできた。

スラリとした脚がM字になると、内腿がムッチリと張りつめ、濡れはじめている割れ目が鼻先に迫った。

史郎が目を凝《こ》らすと、はみ出した花びらの間から濡れた膣口《ちつぐち》と光沢《こうたく》あるクリトリスが覗いていた。

彼は腰を抱き寄せ、志保の股間に真下から顔を埋め込んでいった。

2

「アアッ……、いい気持ち……」

史郎が真下から舌を這わせると、すぐにも志保が熱く喘ぎ、そんな様子を横から美鈴が覗き込んでいた。

柔らかな恥毛《ちもう》の隅々には、今日も生ぬるく蒸れた汗とオシッコの匂いが悩ましく籠《こ》もり、彼も鼻腔《びこう》を刺激されながら膣口とクリトリスを舐め回した。

熱い愛液が湧《わ》き出して舌の動きが滑《なめ》らかになり、ときに志保は力が抜けてギュッと座り込みそうになるたび、懸命に彼の顔の左右で両足を踏ん張った。

史郎は匂いを貪りながらチロチロとクリトリスを舐め回し、滴《したた》る愛液をすすってから、志保の尻の真下に潜り込んだ。

顔中に弾力ある双丘《そうきゅう》を受け止め、谷間の蕾《つぼみ》に鼻を埋めて蒸れた匂いを嗅ぎ、舌を這わせてヌルッと潜り込ませた。

「あう……」

志保が呻き、肛門で舌先を締め付けながら腰をくねらせた。

彼が滑らかな粘膜を探ってから舌を引っ込めると、志保は股間を引き離してゴロリと横になった。

やはり志保とは昨日もしているから、史郎も久々の美鈴を味わいたくて、性急な愛撫になってしまったが、それでも志保は充分に高まったようだ。

場所が空いたので、見ながらすっかり興奮を高めた美鈴も遠慮なく跨がってきた。

美少女の割れ目が鼻先に迫ると、史郎は腰を抱き寄せて、若草の丘に鼻を埋め込んで嗅いだ。

やはり志保と同じぐらい蒸れて濃厚な匂いが沁み付き、彼は胸を満たしながら舌を挿《さ》し入れた。

淡い酸味のヌメリを掻《か》き回し、膣口からクリトリスまで舐め上げていくと、

「あん……！」

美鈴が可憐に声を洩らし、新たな蜜を漏らしてきた。

立て続けだと、味と匂いは似ているようで微妙に異なり、そのどちらにも彼は興奮を高めた。

やがて美少女の味と匂いを堪能《たんのう》し、彼は尻の真下に潜り込み、大きな水蜜桃《すいみつとう》のような尻の谷間に鼻を埋め込んだ。

可憐な薄桃色の蕾にも蒸れた匂いが籠もり、彼は貪ってから舌を這わせ、同じようにヌルッと潜り込ませて粘膜を探った。

「あう……」

美鈴が呻き、モグモグと肛門で舌先を締め付け、割れ目から新たな愛液を垂らして彼の顔を生温かく濡らした。

すると、横で復活した志保が身を起こし、すっかりピンピンに回復しているペニスにしゃぶり付いてきたのだ。

「く……」

史郎は快感に呻きながら、美鈴の前と後ろを味わい尽くし、舌の蠢く志保の口の中で幹を震わせた。

もちろん二人の口に射精したばかりだから、暴発の心配はない。

志保は根元まで呑み込んで舌をからめ、たっぷりと唾液に濡らし、回復を確かめただけでスポンと口を離した。

そして志保は身を起こして跨がり、女上位で彼自身を膣口に受け入れていったのだ。

「アアッ……！」

ヌルヌルッと一気に根元まで納《おさ》めると、志保は股間を密着させて熱く喘いだ。

そして前に跨がっている美鈴の背にもたれかかり、すぐにも腰を上下させクチュクチュと強烈な摩擦を開始したのである。

「す、すぐいきそう。気持ちいいわ……」

志保が喘ぎ、膣内の収縮を高め、大洪水になった愛液が互いの股間をビショビショにさせた。

そして志保は美鈴の背にしがみつきながら腰を遣《つか》い、

「い、いく……。アアーッ……！」

あっという間にオルガスムスに達して喘ぐと、ガクガクと狂おしい痙攣《けいれん》を繰り返したのだった。

史郎も、収縮と摩擦に負けることなく、美鈴の股間に顔を埋めながら、硬度を保ったまま嵐が過ぎるのを待った。

「ああ……、もうダメ……」

志保が股間を引き離して言い、再びゴロリと横になっていった。

「いいよ、美鈴ちゃんも入れて」

史郎が舌を引っ込めて言うと、美鈴も仰向けの彼の上をそろそろと移動して股間に跨がっていった。

そして志保の愛液にまみれ、淫《みだ》らに湯気の立つ先端に割れ目を押し当て、ゆっくり座り込んできた。

再び彼自身は、ヌルヌルッと滑らかに熱く濡れた肉壺《にくつぼ》に呑み込まれていった。

「アアッ……！」

美鈴は顔を仰《の》け反《ぞ》らせて喘ぎ、股間を密着させキュッと締め付けてきた。

ここでも立て続けなので、二人の感触や温もりの微妙な違いを知り、史郎もいよいよ絶頂を迫らせてきた。

そして両手を回して美鈴を抱き寄せ、両膝《りようひざ》を立てて尻を支えた。

潜り込んでチュッと乳首に吸い付き、舌で転がしながら顔中で張りのある膨《ふく》みを味わった。

さらに彼は、横で荒い呼吸を繰り返して余韻に浸《ひた》っている志保も抱き寄せ、その乳首を含んだ。

やはり平等に扱ってやりたいし、二度目の射精前に二人を隅々まで味わっておきたいのである。

史郎は二人の乳首を順々に含んで舐め回し、生ぬるく混じり合った甘ったるい体臭に噎《む》せ返った。

先に志保の腋《わき》の下に鼻を埋め、蒸れた汗の匂いを貪り、美鈴の腋にも鼻を擦《こす》りつけて嗅いだ。

どちらも甘ったるい汗の匂いを籠もらせ、しかも二人分となると濃厚に鼻腔が満たされて高まり、彼はズンズンと股間を突き上げはじめた。

「あう……、すごいわ……」

美鈴が呻き、合わせて腰を遣った。

やはり二人とも、同性がいる状況が新鮮らしく、いつにない高まりを見せているようだった。

史郎も動きながら二人の乳首と腋を味わい尽くし、下から美鈴の顔を引き寄せて唇を重ねた。

さらに横の志保の顔も抱き寄せると、彼女も厭わず唇を割り込ませ、三人で舌をからめはじめたのだ。

何という快感であろうか。それぞれの舌の蠢きを味わい、混じり合った唾液をすすりながら、彼は贅沢《ぜいたく》な快感に包まれた。

「もっと唾《つば》を出して……」

口を離して囁《ささや》くと、二人の女子大生も懸命に唾液を分泌《ぶんぴつ》させ、順々にトロトロと彼の口に吐き出してくれたのだ。

小泡の多い生温かなシロップが混じり合い、彼は二人分の唾液を飲み干してうっとりと酔いしれた。

「ああ、いきそう……」

美鈴が収縮を強めて言った。

彼女の吐き出す息はやはり甘酸っぱい果実臭で、さらに志保の口も引き寄せて嗅ぐと、悩ましいシナモン臭が混じって鼻腔を掻き回してきた。

しかも昼食の名残《なごり》か、淡いオニオン臭も混じって新鮮な刺激となり、彼は二人分の吐息を嗅ぎながら急激に高まった。

「顔中ヌルヌルにして……」

興奮に任せてせがむと、二人も舌を這わせて垂らした唾液を塗り付け、彼の鼻筋や頬まで生温かな唾液でヌラヌラとまみれさせてくれた。

二人分の唾液と吐息の匂いで、とうとう史郎は二度目の絶頂を迎えてしまった。

「く……！」

溶けてしまいそうな快感に呻きながら、熱いザーメンをドクンドクンと勢いよく柔肉《やわにく》の奥にほとばしらせると、

「い、いっちゃう。アアーッ……！」

噴出を感じた美鈴も声を洩らし、ガクガクと狂おしいオルガスムスの痙攣を開始したのだった。

締め付けの中で彼は快感を嚙み締め、激しく動きながら心置きなく最後の一滴まで出し尽くしていった。

「ああ……」

すっかり満足しながら声を洩らし、一生に何度も出来ない３Ｐの感激を嚙み締め、徐々に突き上げを弱めていった。

いつしか美鈴も肌の強ばりを解き、グッタリと彼にもたれかかって荒い呼吸を繰り返していた。

まだ膣内が息づき、刺激された幹が過敏にヒクヒクと跳ね上がると、

「あう、もうダメ……」

彼女も敏感になっているように呻き、さらにキュッときつく締め上げてきた。

史郎はのしかかる美鈴の重みと、横から密着する志保の温もりを受け止め、二人分の悩ましい吐息の匂いで鼻腔を満たしながら、うっとりと快感の余韻に浸り込んでいった。

「ああ、良かった……」

史郎が声を洩らすと、美鈴もそろそろと股間を引き離し、志保とは反対側にゴロリと横になった。

彼は、美しい女子大生たちに挟まれながら呼吸を整えた。

もちろんこれで終えるつもりはない。

相手が二人いるのだから、快感も回復も二倍である。

やがて史郎は身を起こし、二人を促《うなが》してベッドを降りると、三人でバスルームへと移動していった。

そしてシャワーの湯で身体を流しながら、彼自身はさらなる期待にムクムクと回復していったのである。

3

「じゃ、二人で左右から肩に跨がって」

史郎がバスルームの床に腰を下ろして言うと、志保と美鈴は素直に立ち上がって、彼の肩を両側から跨ぎ、顔に股間を突き出してくれた。

左右から迫る、それぞれの股間に顔を埋めると、すっかり匂いは薄れてしまったが、舐めると新たな蜜が溢《あふ》れてヌラヌラと舌の動きが滑らかになった。

「アア……」

二人も熱く喘ぎ、まだまだ終わりにするつもりはなく、淫気《いんき》をくすぶらせているようだった。

「オシッコ出して」

左右の割れ目を交互に味わいながら言うと、二人はビクリと身じろぎ、急いで下腹に力を入れて尿意《にょうい》を高めはじめたようだ。

やはり二人だから後《おく》れを取ると注目され、さらに羞恥が増して出にくくなるので、早く出した方が良いと一瞬で判断したのかも知れない。

史郎がすっかりピンピンに回復しながら二人の割れ目を舐め、期待に胸を高鳴

らせていると、

「あう、出ちゃう……」

先に志保が息を詰めて言い、柔肉を妖《あや》しく蠢かせた。

すると、すぐにもチョロチョロと熱い流れがほとばしり、彼は舌に受けて味わいながら喉《のど》を潤《うるお》した。

味も匂いも淡く、それ以上に出してくれることが嬉しかった。

「あん……、出るわ……」

続いて美鈴も可憐な声を洩らし、ポタポタと彼の肌に温かな雫を滴らせ、間もなく熱い流れとなって注がれてきた。

そちらの割れ目にも口を当て、さらに清らかな流れを味わった。

その間は志保の流れが勢いをつけて肌に注がれ、温かく肌を伝うそれが勃起したペニスを心地よく浸した。

左右交互に味わううち、二人の流れが弱まり、順々に治《おさ》まっていった。

それぞれは淡くても、二人分となると悩ましく匂いが混じり、彼は残《のこ》り香《が》の中で雫をすすり、二人の割れ目を存分に舐め回したのだった。

「アア、もうダメ……」

二人は感じて声を洩らし、ビクッと股間を引き離して座り込んだ。

やがて三人はもう一度シャワーの湯で全身を洗い流し、身体を拭《ふ》くとベッドへ戻っていった。

「こうして」

彼は言い、まず志保を仰向けにさせ、その上に美鈴をうつ伏せに重ね合わせた。

女同士が、柔らかな乳房を密着させて重なる姿も実に艶《なま》めかしいものだ。

まず史郎は、下にいる志保の膣口に、正常位に近い体位でヌルヌルッと挿入《そうにゅう》した。

「あう……！」

志保が呻き、重なっている美鈴にしがみついた。

彼は何度か律動《りつどう》してから、充分にペニスにヌメリを与えるとヌルッと引き抜き、今度は上にいる美鈴にバックから一気に膣口に挿入していった。

「アアッ……！」

今度は美鈴が喘ぎ、白い背中を反らせ、キュッときつく締め付けてきた。

重なった女子大生を、正常位とバックで順々に貫くというのも贅沢な快感である。

股間に心地よく密着する美鈴の尻の丸みと弾力を味わいながら、史郎は腰を抱えてズンズンと動き、さらに再び下の志保にも挿入して動いた。

すでに二回射精しているので、少々動いたところで暴発の恐れはない。

史郎は何度か交互に上下の膣内を味わい、やがて充分に高まってくると股間を引き離し、添い寝していった。

すると二人も頬を上気させ、すっかり荒い息遣いを繰り返しながらも、左右から彼を挟み付けて肌を密着させてきた。

また彼は二人の顔を引き寄せ、三人で念入りに舌をからめながら、それぞれの割れ目を指で探った。

「アア……」

二人とも熱く喘ぎ、それぞれのかぐわしい吐息が史郎の左右の鼻の穴から侵入して鼻腔で混じり合い、何とも悩ましく胸に沁み込んでいった。

「舐めて……」

言うと二人も舌を這わせ、彼の鼻の穴から頬、瞼《まぶた》から耳まで舐め回してくれた。

もちろん舐めるというよりも、吐き出した唾液を舌で塗り付ける感じで、たちまち彼の顔中は、女子大生たちのミックス唾液でヌルヌルになり、二人分の吐息と唾液の混じった匂いが鼻腔を刺激した。

「噛んで……」

さらにせがむと、二人も史郎の頬や唇をモグモグと咀嚼《そしゃく》するように甘く噛み、彼は二人の綺麗な歯並びによる甘美な刺激にゾクゾクと高まった。

二人は左右の耳たぶも噛み、耳の穴にもヌルッと舌先を潜り込ませて蠢かせた。

左右の耳の穴に二人の舌を感じると、聞こえるのは熱く湿ってクチュクチュ蠢く音だけで、何やら彼は頭の中まで二人に舐められている気分になった。

「ね、今度は私の中でいって……」

志保がせがみ、史郎が頷《うなず》くとすぐにも身を起こして跨がり、先端を膣口に受け入れて座り込んだ。

「アアッ……！」

ヌルヌルッと一気に根元まで嵌《は》め込むと、彼女は熱く喘ぎ、密着した股間をグリグリと擦りつけてきた。

史郎も、熱い温もりと大量の潤い、きつい締め付けと肉襞《にくひだ》の摩擦を感じながらズンズンと股間を蠢かせた。

「美鈴ちゃん、舐めていかせてあげよう」

史郎が言うと、美鈴も素直に頷いて身を起こし、ためらいなく彼の顔に跨がって股間を押し付けてきた。

しかも女上位の志保と、美鈴は向かい合わせに座ったので、二人は抱き合って身体を支え合った。

横から見れば、仰向けの彼の顔と股間に二人が跨がり、抱き合っているので三角形に近い形であろう。

史郎も、顔と股間に女子大生たちの温もりと重みを感じ、志保の内部にズンズンと股間を突き上げながら、懸命に美鈴のクリトリスを舐め回した。

たちまち志保の愛液が律動を滑らかにさせ、美鈴の割れ目からも大量の蜜が溢れて彼の顔中を生温かく濡らした。

「い、いっちゃう……」

「アアッ……！」

二人は史郎の上で抱き合いながら熱い喘ぎを混じらせ、ガクガクと小刻《こきざ》みな痙攣を開始した。

史郎もすっかり高まり、締め付けと摩擦の中で、たちまち三度目の絶頂を迎えてしまったのだった。

「く……！」

三度目とも思えない大きな快感に貫かれて彼は呻き、ありったけの熱いザーメンをドクンドクンと勢いよく志保の中に注入しながら、さらに執拗《しつよう》に美鈴のクリトリスに吸い付き続けた。

「いく……。アアーッ……！」

二人も同時に声を混じらせ、狂おしいオルガスムスの身悶《みもだ》えを繰り返した。

志保は真下から貫かれる刺激に、美鈴はクリトリスへの愛撫で、何と三人が同時に絶頂を迎えたのである。

史郎も身悶えながら股間を突き上げ、顔中美鈴の蜜にまみれながら大きな快感を噛み締め、心置きなく最後の一滴まで出し尽くしていった。

すっかり満足しながら史郎は突き上げを弱め、渇きを癒《い》やすように美鈴のヌメリをすすり、収縮する膣内でヒクヒクと過敏に幹を跳ね上げた。

「も、もうダメ……」

「私も……」

二人も感じすぎるように息を詰めて言い、やがてそれ以上の刺激を避けるように、そろそろと彼の股間と顔から割れ目を引き離していった。

そして左右に横たわり、彼を挟みながら荒い呼吸を繰り返し、いつまでもビクリと肌を震わせていた。

史郎も二人の温もりと肌の感触でサンドイッチにされ、それぞれの熱く湿り気ある吐息を嗅いで胸を満たしながら、うっとりと快感の余韻に浸り込んだのだった。

しばし呼吸が整うまで三人で密着し合い、史郎も充分すぎるほど深い満足に包まれたのだった。

「じゃ、シャワー浴びてくるわ」

ようやく志保が復活して言うと、美鈴も一緒に立ち上がってベッドを降り、女二人でバスルームへ行ってしまった。

さすがに史郎は、三度の射精で心地よい脱力感に包まれ、二人がシャワーを流す音だけ聞きながら身を投げ出したままでいた。

やがて二人が出てくると、史郎も入れ替わりにバスルームへ行き、二人分の残り香の中で全身を流した。

身体を拭いて部屋へ戻ると、二人は身繕《みづくろ》いをしているので、彼も服を着た。

もう今日は本当に充分である。

「じゃ帰りますね」

「うん、じゃまた」

志保と美鈴は鏡で髪と顔を確認すると言い、女二人で帰っていった。

二人を見送ると、史郎はすぐビデオカメラのスイッチを切り、録画された映像を確認してみた。

（すごい、良く撮れてる……）

史郎は、申し分ない構図の３Ｐ映像を見て満足し、また抜きたい衝動に駆られてしまったのだった。

4

「奴は、まだ離婚届に判を捺《お》さないのか？」

史郎は、訪ねて来た亜以子に訊《き》いた。

もちろん隠し撮りの準備は整っているし、彼の淫気も満々なのだが、やはり俊之のことは気になっているのだ。

それに着衣の彼女と話し、これから好きなだけ触れられると思い、期待に燃える一時も好きなのである。

まして亜以子は、昨日この同じベッドで、娘の美鈴と先輩の志保とで、濃厚な3Pが行われたことなど夢にも思わないだろう。

そんな背徳の雰囲気に、彼はジワジワと高まるのだった。

「ええ……。彼は、毎日死にたいと言っているわ……」

「ふうん、そんな奴に同情が湧いて、またやり直したいなんて思っているのか」

「そうかも知れない。あなたには分からないわ……」

亜以子が俯《うつむ》きながら言った。

「確かに分からないよ。好きだの嫌いだのを超えて、長年暮らした情愛とか愛着なんてのは興味ない」

「……………」

「でも娘だって、いずれ就職して独立するだろうから、子供は別れない理由にはならんだろうし、このまま奴が死んだら、未亡人となった君は再婚でもしない限り、嫌いな男の姓を名乗り続けるんだ」

「そんなことは、どうでもいいの……」

亜以子は、肉体は開いても心は開かないといった姿勢を終始崩さずに答えた。

そんな彼女の態度に、ますます史郎は興奮が高まるのである。

「まあいいさ、今のままで。未亡人やバツイチの君より、人妻のままの方が燃えるんだ。さあ脱ごうか」

「そろそろ、もう私には飽きたでしょう」

「俺も出来れば執着を断ち切りたくて、内心それを期待してるんだが、なかなか飽きないんだ」

彼が言って脱ぎはじめると、亜以子もブラウスのボタンを外し、生ぬるく甘ったるい匂いを揺らめかせた。

先に全裸になった史郎はベッドに仰向けになり、俯きながら黙々と脱いでゆく亜以子を眺めた。

やがて最後の一枚を脱ぎ去ると、彼女もベッドに上ってきた。

「じゃここに立って、足を顔に乗せて」

枕元を指して言うと、亜以子も声にならぬ嘆息《たんそく》を漏らし、彼の顔の横に立った。

そして壁に手をついて身体を支えながら、そろそろと片方の足を浮かせ、そっと足裏を彼の顔に乗せてきた。

史郎は、昨日の美鈴と同じことを母親の亜以子にさせ、勃起したペニスを歓喜にヒクつかせた。

亜以子も、単に受け身になって身を投げ出す方が楽だろうが、史郎はことさら彼女に行動させ、自分が受け身になる方が好きなのだった。

いつもの言いつけ通り、亜以子はシャワーも浴びずに来てくれ、指の股に鼻を割り込ませて嗅ぐと、充分に蒸れた匂いを沁み付かせていた。

彼は足裏に舌を這わせ、胸いっぱいに美人妻の足の匂いを満たし、爪先にしゃぶり付いていった。

生ぬるい汗と脂に湿った指の股を順々に舐めると、

「く……」

亜以子がビクリと震えて小さく呻き、ガクガクと膝を震わせた。

充分にしゃぶると足を交代させ、彼はもう片方の指の股も味と匂いを貪り尽くした。

そして彼が亜以子の足首を摑《つか》んで顔の左右に置くと、すっかり心得ている彼女も、ゆっくりと和式トイレスタイルでしゃがみ込んできた。

脚がＭ字になると白い内腿がムッチリと張りつめ、熟《う》れた股間が史郎の鼻先に覆《おお》いかぶさってきた。

はみ出した陰唇《いんしん》が僅《わず》かに開き、美鈴が生まれた膣口が息づき、光沢あるクリトリスも覗いていた。

彼は豊満な腰を抱えて引き寄せ、柔らかな茂みに鼻を埋め込んで嗅いだ。

生ぬるく蒸れた汗とオシッコの匂いが控えめに籠もり、悩ましく史郎の鼻腔を搔き回してきた。

鼻腔を満たしながら舌を挿し入れ、膣口の襞を探ってからクリトリスまで舐め上げていくと、

「あう……」

しゃがみ込んだまま亜以子がか細く喘ぎ、ヒクヒクと下腹を波打たせた。

まだ愛液は滲んでおらず、微《かす》かに蒸れた湿り気があるだけだったが、さすがにチロチロとクリトリスを舐めると、すぐにも生ぬるいヌメリが溢れて舌の動きを滑らかにさせていった。

史郎は割れ目の味と匂いを堪能してから、豊かな尻の真下に潜り込み、顔中に

弾力ある双丘を受けながら、谷間の蕾に鼻を埋め込んで嗅いだ。

可憐なピンクの蕾にも蒸れた微香《びこう》が籠もり、彼は充分に貪ってから舌を這わせ、息づく襞を濡らしてからヌルッと潜り込ませて滑らかな粘膜を味わった。

「アアッ……！」

亜以子がベッドの柵《さく》に摑まりながら喘ぎ、キュッと肛門で舌先を締め付けてきた。

史郎が出し入れさせるように舌を蠢かせて粘膜を刺激すると、とうとう割れ目内部に満ちた愛液が、ツツーッと糸を引いて彼の顔に滴ってきた。

彼は再び割れ目に戻ってヌメリをすすり、クリトリスに吸い付いた。

「アア……、も、もう……」

上になっていられず、亜以子が息を弾ませて腰をくねらせ、何度か力が抜けてギュッと股間を彼の顔に押し付けてきた。

ようやく彼も舌を引っ込め、亜以子の身体を下方へ押しやった。

彼女も安心したように股間を引き離して移動し、大股開きになった彼の脚の間に腹這《はらば》いになってきた。

「ここを」

史郎は言って足を浮かせ、彼女の鼻先に爪先を突き付けた。

自分は亜以子と違い、事前にシャワーを浴びているし、昨日美鈴や志保にしゃぶられて爪先の快感に目覚めているのだ。

亜以子は、僅かに眉《まゆ》をひそめながらも両手のひらで踵《かかと》を支え、爪先にしゃぶり付いてくれた。

言われる前に指の股にも舌を割り込ませてきたので、彼は生温かな唾液に濡れ、滑らかに蠢く美女の舌を指で挟み付けた。

空いている方の足裏では巨乳を探り、コリコリする乳首でくすぐられた。

やがて足を交代し、全ての指の股を舐めさせ、足裏で巨乳と乳首を味わうと、史郎はそのまま脚を浮かせ、自ら両手で尻の谷間を広げた。

亜以子も心得て屈み込み、伸ばした舌先でチロチロと肛門を探り、ヌルッと浅く潜り込ませてきた。

「あう、気持ちいい……」

彼は妖しい快感に呻き、モグモグと肛門で締め付けて美女の舌を味わった。

そして脚を下ろすと、亜以子もそのまま鼻先に迫った陰嚢を舐め回し、睾丸を転がしてくれた。

充分に陰嚢が温かな唾液にまみれると、彼はせがむように幹を上下に震わせた。

亜以子も前進し、肉棒の裏側を舐め上げ、先端まで来ると粘液の滲む尿道口を探り、張りつめた亀頭にしゃぶり付いてきた。

そのまま丸く開いた口でスッポリと喉の奥まで呑み込み、彼は温かく濡れた彼女の口腔でヒクヒクと幹を跳ね上げた。

「ンン……」

亜以子は熱く鼻を鳴らし、息を股間に籠もらせながら舌をからめ、肉棒全体も清らかな唾液にどっぷりと浸した。

彼は何度かズンズンと股間を突き上げ、唇の摩擦を味わって充分に高まってから、

「いいよ、跨いで」

言うと亜以子もスポンと口を離して顔を上げた。

前進して股間に跨がり、先端に割れ目を押し付け、息を詰めてゆっくり腰を沈ませ、彼自身を膣口に受け入れていった。

ヌルヌルッと滑らかに呑み込まれると、彼女がピッタリと股間を密着させ、

「アアッ……！」

顔を仰け反らせて喘いだ。

心はともかく、肉体の方はすっかり史郎の調教を受け、激しく感じるようになっているのだ。

膣内が味わうようにキュッキュッと幹を締め付け、史郎も肉襞の摩擦と温もりを味わいながら、両手を伸ばして彼女を抱き寄せていった。

亜以子が身を重ねると、彼は両手でしがみつき、両膝を立てて豊満な尻を支えた。

潜り込むようにして乳首に吸い付き、舌で転がしながら顔中で巨乳を味わうと、甘ったるい汗の匂いが鼻腔に広がった。

左右の乳首を味わい、軽く歯でコリコリと刺激し、さらに腋の下にも鼻を埋め込み、濃厚に蒸れて甘ったるい汗の匂いを貪った。

匂いを感じるたび、膣内の幹がヒクヒクと歓喜に跳ね、

「あう……」

亜以子も感じて呻き、収縮を強めてきた。

やがて彼は白い首筋を舐め上げ、下からピッタリと唇を重ねながら、ズンズン

と股間を突き上げはじめた。

「ンン……」

亜以子は熱く鼻を鳴らし、ネットリと舌をからめながら突き上げに合わせて無意識に腰を動かした。

大量の愛液が律動を滑らかにさせ、互いの動きがリズミカルに一致すると、ピチャクチャと淫らに湿った摩擦音が響いてきたのだった。

5

「アアッ……！」

史郎が突き上げを強めると、亜以子が口を離して熱く喘いだ。

収縮と愛液の量が増し、すっかり馴染《なじ》んだ亜以子が、絶頂を迫らせていることが彼には分かった。

「オマ×コ気持ちいいと言って」

「嫌……」

下から囁くと、亜以子が息を弾ませながら首を振って答えた。

「言わないと抜くぞ」

「絶対に嫌……」

亜以子は頑《かたく》なに頬を強ばらせて言った。

実は、彼女のそんな反応が史郎は好きで、こうした会話で高まっているのである。

「じゃ顔に強く唾を吐きかけて」

言うと亜以子は唇に唾液を溜めて迫り、強くペッと吐きかけてくれた。

これが出来るのも、彼女の魅力的なところであった。

「ああ……」

史郎は喘ぎ、顔中に熱く甘い吐息を受け、生温かな唾液の固まりを頬に感じた。

そのまま彼女の顔を抱き寄せ、喘ぐ口に鼻を押し込み、湿り気ある白粉臭《おしろいしゅう》の刺激でうっとりと鼻腔を満たした。

亜以子の甘い吐息は、常に興奮と安らぎの両方を与えてくれる。

「しゃぶって……」

すっかり高まりながら囁くと、亜以子も彼の鼻の穴に舌を這わせ、ヌラヌラと蠢かせてくれた。

唾液と吐息の匂いに鼻腔を掻き回され、生温かなヌメリを感じながら股間を突き上げるうち、史郎は先に絶頂に達し、大きな快感に貫かれてしまった。

「く……！」

呻きながら、ありったけの熱いザーメンをドクンドクンと勢いよくほとばしらせ、柔肉の奥を直撃した。

「アアーッ……！」

噴出を受けると、否応《いやおう》なく彼女もオルガスムスのスイッチが入り、声を上ずらせながらガクガクと狂おしい痙攣を繰り返した。

呑み込むような収縮の中、彼は心置きなく快感を噛み締め、最後の一滴まで出し尽くしていった。

すっかり気が済んだ史郎が徐々に突き上げを弱めていくと、

「ああ……」

亜以子も精根《せいこん》尽き果てたように声を洩らし、熟《う》れ肌《はだ》の硬直を解いてグッタリともたれかかってきた。

息づく収縮の中で、幹をヒクヒクと過敏に跳ね上げると、

「く……」

亜以子も敏感に反応して呻き、キュッときつく締め上げてきた。

史郎は満足して完全に動きを止めると、亜以子の温もりと重みを感じながら、甘い刺激の吐息を嗅いでうっとりと余韻を味わったのだった。

彼女は荒い呼吸が整わないうち、そろそろと股間を引き離し、横になりたいのを我慢してベッドを降りた。

済んだら、早く帰りたいのである。

史郎も身を起こし、彼女と一緒にバスルームへ移動した。

亜以子は力なく椅子に座り、シャワーの湯で身体を流し、念入りに股間を洗った。

もちろん史郎は、もう一回ぐらい射精するつもりで気を高め、ペニスもムクムクと回復していった。

「じゃ出して。飲みたい」

床に座って言うと、亜以子も諦《あきら》めたように嘆息しながら立ち上がり、彼の顔に股間を突き出してくれた。

足を上げてバスタブのふちに乗せ、息を詰めて尿意を高めはじめた。

史郎も開いた股間に顔を埋め、薄れた体臭を貪りながら割れ目を舐めると、これも否応なく新たな愛液が溢れて滑らかに舌が動きはじめた。

「アア……」

亜以子が喘ぎ、柔肉を蠢かせた。すると彼女は史郎の髪を摑むなり、強く股間に押し付けながら、チョロチョロと放尿《ほうにょう》を始めたのである。

彼は興奮に包まれながら熱い流れを口に受け、味と匂いを堪能しながら喉を潤したのだった。

何度も会ううち、亜以子の中にあったサディスティックな部分が顔を覗かせはじめたのだろうか。

実に、一人の女性の中には様々な性癖や衝動が秘められ、それが刺激によって表面に現れてくることを彼は知った。

とにかく、これは紛《まぎ》れもなく成長であり、彼の手によって亜以子が何かに目覚めはじめたのだろう。

亜以子は全て放尿が終わるまで、彼の髪を摑んできつく顔を股間に押し付けていた。

だから口から溢れた分は僅かで、彼はほとんど全て飲み干したのである。

もう出なくなると彼は余りの雫をすすり、悩ましい残り香の中で念入りに割れ目内部を舐め回した。

「く……」

亜以子は小さく呻き、ようやく髪から手を離すと力尽きたように椅子に座り込んだ。

もう一度シャワーを浴び、身体を拭いて部屋に戻った。

「もう服を着ていい？」

「ああ、いいよ。もう一回口でしてもらうだけだ」

亜以子が言うので答えると、彼女は俯きながら黙々と身繕いをした。

そしてコンパクトで顔と髪を確認すると、史郎は全裸のままリビングに行ってソファに座り、股を開いてピンピンに回復したペニスを突き出した。

寝室ではないので隠し撮りは出来ないが、たまには場所を変えるのも良い。しかも亜以子が着衣なので、寝室よりリビングのソファの方が気分が出るだろう。

すると亜以子も、早く済ませたいように彼の前に膝を突き、顔を寄せてきた。

先端の裏側を舐め回し、張りつめた亀頭をスッポリと含み、頰をすぼめて吸い付きながら舌をからめた。

「ああ……」

史郎が快感に喘ぐと、亜以子も射精を急がせるように顔を上下させ、スポスポとリズミカルな摩擦を開始した。

彼女もまた、何度か会ううちに史郎の感じるポイントを知りはじめているのである。

熱い鼻息で恥毛をくすぐりながら、尿道口の少し裏側をチロチロと舐め回し、なおも吸引と摩擦を繰り返した。

愛してもいないのに、絶頂を早めるためとはいえ、その愛撫はツボを心得て実に心地よいものだった。

肘掛けのあるソファはクッションも角度も良く、オナニーには最適だが、あまりに女性運が良いので、まだ彼はこのマンションでオナニーはしていない。

こうして快適なソファで、かしずいた美熟女に口でされるのは格別であった。

「い、いく……」

たちまち昇り詰め、史郎は身を反らせて口走った。

そして溶けてしまいそうな快感に包まれながら、まだ余っていたかと思えるほど多いザーメンを、ドクンドクンと勢いよくほとばしらせた。

「ンン……」

喉の奥を直撃され、亜以子は噎せないよう注意しながら呻き、全て出しきるまでは舌の蠢きと吸引、リズミカルな摩擦を続行してくれた。

至れり尽くせりの愛撫で、彼は快感を嚙み締め、心置きなく最後の一滴まで絞り尽くしていった。

突き上げを止めると、亜以子も愛撫を止めて亀頭を含んだまま、口に溜まったザーメンをゴクリと一息に飲み込んでくれた。

嚥下と同時に眉をひそめるのも艶めかしく、キュッと締まる口腔に彼は駄目押しの快感を得た。

ようやく口を離した亜以子は、なおも幹を指で支えてしごき、尿道口に滲む余りの雫まで丁寧《ていねい》に舐め取ってくれた。

これも、済んだらさっさと離れるのではなく、史郎が処理まで求めていることを知っているのである。

「いいよ」

過敏に幹を震わせながら言うと、彼女も口を離して顔を起こした。

史郎は亜以子の顔を引き寄せ、飲み込んだばかりの口に鼻を押し付け、甘い刺激の吐息を嗅ぎながら余韻を味わった。

早く亜以子の匂いに飽きれば、すっきりと新たな人生を踏み出せるのだが、まだまだ彼女への執着は続いていた。

やがて彼が手を離すと、亜以子は洗面所へ行って口をすすぎ、もう一度鏡で顔を確認した。その間に史郎も身繕いをし、一緒にマンションを出た。

ＡＴＭに寄り、いつものようにいくばくかの金を渡すと、亜以子は礼を言うでもなく無表情に受け取ってバッグに入れ、そのまま歩き去っていった。

史郎はそれを見送り、自分の分の小遣いも下ろしておいた。

金があるというのは、何と幸福なことであろう。

以前は、バイト代の振り込みが遅れ、家賃や光熱費が払えず悶々《もんもん》とし、一万や二万の金に一喜一憂していたのである。

たまには生身でなく、何日か我慢して、隠し撮りの映像を見ながらオナニーを楽しもうかと、彼はふと思った。

しかし、そんな気がするときもあるのだが、また日が変わると、生身の女体を求めてしまうのだった。

第六章　身も心も我が物に

1

「もうほとんど出なくなったのよ」

昼過ぎ、史郎のマンションを訪ねて来た百合枝が、脱ぎながら言った。

母乳のことである。いつも彼が好んで吸っていたので、何やら百合枝は申し訳なさそうだった。

「そう、仕方ないさ」

史郎も脱ぎながら答え、期待に激しく勃起《ぼっき》していた。

「この間、町で警備の小父《おじ》さんに会って訊《き》いたけど、社長はだいぶふさぎ込んでいるようだわ」

百合枝が、白く肉づきの良い肌を露《あら》わにしながら言う。

確かに、何もかも失いかけている俊之はいま不幸のどん底にいるのだろうが、亜以子も徐々に支える側に回りはじめているようなので、状況によって人の心も変わるものなのだろう。

「今まで、ずっと調子に乗った人生だったから、これでチャラだろう。さあ、奴の話なんか止《よ》そう」

「そうね」

史郎が全裸になってベッドに横になると、百合枝も答えて一糸《いっし》まとわぬ姿になり、生ぬるく甘ったるい匂いを揺らめかせながら迫ってきた。

もちろん今日も隠し撮りは万全だ。

史郎はシャワーを済ませているし、百合枝はラインで命じた通り、買い物帰りでシャワーも浴びていない。

「顔に足を……」

仰向《あおむ》けになって言うと、百合枝もそろそろと史郎の顔の横に立ち、壁に手をついて身体を支えながら片方の足を浮かし、彼の顔に足裏を乗せてきた。

「こう？　アア……、いいのかしら。すごくドキドキするわ……」

百合枝がガクガク膝《ひざ》を震わせて言い、見上げる割れ目が興奮に濡れはじめていた。

今は史郎ではなく、百合枝の方から淫気《いんき》を催《もよお》すと連絡するようになっているので、来る前から期待に疼《うず》いているようだった。

史郎は生温かな足裏に舌を這《は》わせ、縮こまった指の股に鼻を割り込ませて嗅《か》いだ。

今日も子持ち人妻は朝から動き回っていただろうから、生ぬるい汗と脂《あぶら》にジットリ湿った指の間は、ムレムレの匂いが濃く沁《し》み付いていた。

彼は鼻腔《びこう》を刺激されながら蒸れた匂いを貪《むさぼ》り、爪先にしゃぶり付いて全ての指の股に舌を潜《もぐ》り込ませて味わった。

「あう……、くすぐったいわ……」

百合枝が呻《うめ》き、彼が足を交代させ、そちらも味と匂いを貪り尽くすと、割れ目から溢《あふ》れた愛液が、白くムッチリした内腿《うちもも》に伝い流れるのが見えた。

「いいよ、跨《また》いで」

真下から言うと、百合枝も彼の顔に跨がり、恐る恐る和式トイレスタイルでしゃがみ込んできた。

肉づきの良い脚がＭ字になると、さらに内腿がムッチリと張りつめて量感が増し、濡れた割れ目が鼻先に迫った。

陰唇《いんしん》が僅《わず》かに開いて息づく膣口《ちつぐち》が覗き、光沢《こうたく》あるクリトリスもツンと突き立って愛撫《あいぶ》を待っている。

腰を抱き寄せ、柔らかな茂みに鼻を埋め込むと、ここも濃厚に蒸れた汗とオシッコの匂いが籠《こ》もり、悩ましい刺激が鼻腔を掻《か》き回してきた。

舌を挿《さ》し入れ、淡い酸味のヌメリを掻き回し、膣口の襞《ひだ》からクリトリスまでゆっくり舐め上げていくと、

「アアッ……、いい気持ち……！」

百合枝が熱く喘《あえ》ぎ、ギュッと座り込みそうになりながら懸命に両足を踏ん張った。

史郎は温もりを顔中に受け、匂いに酔いしれながら執拗《しつよう》にクリトリスを探っては、新たに滴《したた》ってくる生ぬるい愛液をすすって喉《のど》を潤《うるお》した。

さらに白く豊満な尻の真下に潜り込み、顔中にボリューム満点の双丘《そうきゅう》を受け止めながら、谷間の蕾《つぼみ》に鼻を埋めて嗅いだ。

秘めやかに蒸れた匂いに鼻腔を刺激され、彼は胸を満たしてから舌を這わせた。

細かに収縮する襞を濡らし、ヌルッと舌を潜り込ませて滑《なめ》らかな粘膜を探る

と、

「あう……！」

百合枝が呻き、モグモグと肛門で舌先を締め付けてきた。

淡く甘苦い微妙な味わいの粘膜を舐めてから、史郎は再び割れ目に戻ってヌメリをすすり、クリトリスに吸い付いた。

「も、もうダメ……。いきそうよ……」

百合枝が言うなりビクッと股間を引き離し、上体を起こしていられなくなったように移動して彼の股間に顔を埋めてきた。

史郎が自ら両脚を浮かせて抱え、尻を突き出すと、彼女も厭《いと》わず肛門を舐め回し、舌を潜り込ませた。

「アア……」

史郎は快感に喘ぎ、肛門で舌先を締め付けると、彼女も内部で舌を蠢《うごめ》かせてくれた。

充分に味わい、脚を下ろすと百合枝が陰嚢《いんのう》にしゃぶり付き、熱い息を股間に籠もらせながら充分に睾丸《こうがん》を転がし、やがて自分から前進してペニスの裏側を舐め上げてきた。

先端までたどると幹に指を添え、粘液の滲《にじ》む尿道口をチロチロと舐め、張りつめた亀頭にもしゃぶり付いた。

そのままスッポリと喉の奥まで呑《の》み込んでゆき、幹を締め付けて吸い、満遍《まんべん》なく舌をからめて肉棒を生温かな唾液《だえき》にまみれさせてくれた。

彼もズンズンと股間を突き上げ、心地よい摩擦に高まった。

「いいよ、跨いで」

言うと百合枝もすぐに身を起こして移動し、彼の股間に跨がってきた。

唾液に濡れた先端に割れ目を擦《こす》りつけ、徐々に腰を沈めながら彼自身を膣口に受け入れていった。

ヌルヌルッと滑らかに根元まで嵌《は》まり込んでいくと、

「アアッ……！」

百合枝がピッタリと股間を密着させて座り、顔を仰《の》け反《ぞ》らせて喘いだ。

史郎も肉襞《にくひだ》の摩擦と温もり、締め付けと潤いを味わいながら、股間に重みを受けて陶然《とうぜん》となった。

両手を回して彼女を抱き寄せ、両膝を立てて尻を支え、潜り込むように乳首に吸い付いていった。

舌で転がし、顔中で柔らかな膨《ふく》らみを味わったが、生ぬるく薄甘い母乳は、ほんの僅か滲んできただけだった。

それでも甘ったるい匂いが充分に胸を満たし、彼は左右の乳首を含んで舐め回し、さらに腋《わき》の下にも鼻を埋め込んだ。

色っぽい腋毛に湿って籠もる濃厚に甘い汗の匂いを貪り、膣内のペニスを歓喜にヒクつかせると、

「アア……、すぐいきそうよ……」

百合枝が喘ぎ、待ち切れなくなったように腰を動かしはじめた。

史郎も両手でしがみつきながらズンズンと股間を突き上げ、何とも心地よい摩擦を味わい、高まっていった。

溢れる愛液が動きを滑らかにさせ、互いの股間がビショビショになると、ピチャクチャと淫《みだ》らに湿った摩擦音も響いてきた。

下から顔を抱き寄せてピッタリと唇を重ね、舌を挿《さ》し入れると、

「ンンッ……」

彼女も熱く呻きながら、ネットリと舌をからみつかせた。

生温かな唾液に濡れ、滑らかに蠢く舌を味わいながら、彼もジワジワと絶頂を

迫らせていった。

「ああ……、すごいわ……」

百合枝が淫らに唾液の糸を引いて口を離し、熱く喘ぎながら収縮を高めた。

口から熱く吐き出される息は、今日はミルクが発酵したような甘さに、昼食の名残《なごり》か淡いオニオン臭も混じり、悩ましく鼻腔を刺激してきた。

いかにもリアルな主婦の匂いといった感じで、史郎は鼻腔を満たしながら突き上げを強め、たちまち昇り詰めてしまった。

「く……！」

突き上がる大きな快感に呻くと同時に、ありったけの熱いザーメンをドクンドクンと勢いよくほとばしらせると、

「い、いっちゃう。アアーッ……！」

奥に噴出を受けた百合枝も声を上ずらせ、ガクガクと狂おしいオルガスムスの痙攣《けいれん》を開始した。

締まりの強まった膣内で彼は快感を味わい、股間を激しく突き上げながら、心置きなく最後の一滴まで出し尽くしていった。

すっかり満足して動きを弱めていくと、

「ああ……」

百合枝も満足げに声を洩《も》らし、肌の強《こわ》ばりを解いて遠慮なくグッタリともたれかかってきた。

身体の動きは止まっても、膣内の収縮は続き、刺激された幹がヒクヒクと内部で過敏に跳ね上がった。

「も、もうダメ……」

百合枝も感じすぎるように声を絞《しぼ》り出し、力尽きて体重を預けてきた。

史郎は、湿り気ある甘い刺激の吐息を間近に嗅ぎながら、うっとりと快感の余《よ》韻《いん》に浸《ひた》り込んでいった。

「は、離れてもいい……？」

百合枝が言い、返事も待たずそろそろと股間を引き離すと、ゴロリと横になった。

「もう主人とは、今は全然していないわ。でも、したとしても、こんなには感じないと思う……」

彼女が荒い息遣《いきづか》いで言い、横から肌を密着させてきた。

史郎も呼吸を整えながら、済んだばかりなのに明日は誰としようかと、そんなことを思うのだった。

2

「三人も楽しかったけど、やっぱり二人きりの方がいいですね」

昼過ぎ、マンションを訪ねてきた志保が史郎に言った。

「うん、3Pなんかは滅多にないお祭りみたいなものだからね、やはり秘め事は一対一に限るよ」

史郎も、メガネの女子大生との密室に興奮を高めながら言った。

志保も淫気を高めたようで、すぐ互いに脱ぎはじめた。

「3Pでは、僕だけ良い思いをしたけど、女同士は嫌じゃなかった？」

「ええ、美鈴は可愛いから好きだけど、でも女同士で触れ合うのは、もうあのときだけで充分です」

志保が言い、みるみる若い肌を露わにしていった。

午前中も出かけていたようで、一人でランチを済ませたらしく、生ぬるく甘ったるい匂いが漂った。

もちろん来るというラインを受けてから、史郎はシャワーと歯磨きを済ませ、隠し撮りの準備も万端に整えていた。

やがて互いに全裸になると、志保はいつものようにメガネだけはそのままでベッドに横たわり、彼も添い寝していった。

志保を仰向けにさせ、息づく乳房に顔を埋め込み、弾力を味わいながら乳首に吸い付き舌で転がした。

「アア……」

彼女はすぐにも熱く喘ぎ、うねうねと身悶《みもだ》えはじめた。

史郎は左右の乳首を順々に含んでは念入りに舐め回し、腕を差し上げてジットリ湿った腋の下にも鼻を埋め込んで嗅いだ。

甘ったるい汗の匂いが淡く籠もっていたが、もっと時間が経《た》って乾《かわ》いた頃の方が匂いは濃くなるだろう。

彼も何人かの女性と関係を持つうち、新鮮な汗はあまり匂わないことも知るようになっていた。

スベスベの肌を舐め下り、臍《へそ》を探り、下腹の弾力を顔中で味わってから、史郎は腰から脚を舐め下りていった。

スラリとした脚を味わい、足裏を舐めて指の間に鼻を割り込ませると、やはりムレムレの匂いが濃く沁み付いていた。

爪先にしゃぶり付き、汗と脂に湿った指の股を舐めると、

「あう……！」

志保が呻き、ビクリと脚を震わせた。

彼は両足ともしゃぶり尽くすと、

「じゃうつ伏せに」

言って脚を摑《つか》むと、志保も素直にゴロリと寝返りを打ってうつ伏せになった。

やはり先日の3Pでは、二人が相手だから細かな愛撫もお座なりになってしまったので、今日はじっくり隅々まで女子大生を味わいたかった。

踵《かかと》からアキレス腱、汗ばんだヒカガミを舐め上げ、太腿《ふともも》から尻の丸みをたどった。

谷間は後回しにし、腰から滑らかな背中を舐めると、淡い汗の味が感じられた。

肩まで行って髪の匂いを貪り、耳の裏側の湿り気も嗅いで舌を這わせ、また背中を舐め下りてきた。

尻に戻ると、うつ伏せのまま股を開かせ、腹這《はらば》いになって顔を寄せた。

指でムッチリと谷間を広げ、可憐《かれん》なピンクの蕾に鼻を埋めると、顔中に双丘が心地よく密着して弾《はず》み、蒸れた匂いが鼻腔を刺激してきた。

充分に湿り気を嗅いでから舌を這わせ、細かに震える襞を濡らしてヌルッと潜り込ませると、

「く……！」

志保が顔を伏せたまま呻き、キュッと肛門で舌先を締め付けてきた。

史郎は内部で舌を蠢かせ、滑らかで淡く甘苦い粘膜を念入りに探ってから、ようやく顔を上げた。

そして再び彼女を仰向けにさせ、片方の脚をくぐって股間に迫った。

張りのある内腿を舐め上げて割れ目を見ると、はみ出した陰唇はヌラヌラと大量の愛液に潤っていた。

柔らかな茂みに鼻を埋めて嗅ぐと、蒸れた汗の匂いに、ほんのり悩ましい残尿臭が混じり、心地よく鼻腔が刺激された。

胸を満たしながら舌を挿し入れ、淡い酸味を含んだ愛液に濡れた膣口の襞をクチュクチュ掻き回し、ツンと突き立ったクリトリスまで舐め上げていくと、

「アアッ……！」

志保がビクッと身を弓なりにさせて熱く喘ぎ、内腿でキュッときつく彼の顔を挟み付けてきた。

彼はもがく腰を抱えて押さえ、チロチロと舌先で弾《はじ》くようにクリトリスを刺激しては、新たに溢れてくるヌメリをすすった。

「い、入れて。お願い……」

下腹をヒクヒク波打たせながら、志保がせがんできた。

やはり来たい気持ちになる以上、相当に淫気が溜《た》まっていたのだろう。

「入れるのは、おしゃぶりしてからね」

彼は身を起こして言い、前進して彼女の胸に跨がった。

そして最初に尻を押し付けると、彼女もすぐ谷間に舌を這わせ、ヌルッと浅く潜り込ませてくれた。

「ああ、気持ちいい……」

史郎は真下から熱い息を受けながら、肛門で舌先を締め付けて喘いだ。

舌の蠢きを味わってから、陰嚢を押し付けると志保もしゃぶり付き、睾丸を転がして吸い付いた。

充分に唾液に濡れると、史郎は腰を浮かせて移動し、急角度にそそり立つペニスに指を添えて下向きにさせ、彼女の口に先端を押し当てていった。

「ンン……」

志保も張りつめた亀頭を含んだので、そのまま喉の奥までズブズブと押し込むと彼女が小さく呻いた。

生温かく濡れた口腔《こうこう》が心地よく、先端でヌルッとした喉の奥に触れると、彼女が苦しそうにしながら、大量の唾液を溢れさせて肉棒を浸した。

クチュクチュと満遍なく舌がからみつき、彼はまるで口とセックスするように腰を突き動かし、リズミカルに出し入れさせながら高まっていった。

「ああ……」

やがて志保が、息苦しくなったように口を離して喘ぎ、もう充分なので史郎も彼女の股間へと戻った。

そしてゆっくりと股間を進め、大量の愛液に濡れた膣口に先端を押し当て、感触を味わいながらヌルヌルッと根元まで挿入《そうにゅう》していった。

「アアッ……！」

ピッタリと股間を密着させると、志保が熱く喘ぎ、キュッときつく締め付けてきた。

史郎も肉襞の摩擦と温もり、大量の潤いに包まれながら快感を味わい、やがて脚を伸ばして身を重ねていった。

志保がすぐに下から両手を回してしがみつくと、彼の胸の下で乳房が押し潰れ、心地よく弾んだ。

徐々に腰を突き動かしはじめると、恥毛《ちもう》が擦れ合い、コリコリする恥骨《ちこつ》の膨らみも伝わってきた。

「ああ、いい気持ち……」

志保が熱く喘ぎ、下からもズンズンと股間を突き上げてきた。

溢れる愛液に律動《りつどう》が滑らかになり、ヒタヒタと揺れてぶつかる陰嚢も生温かく濡れた。

クチュクチュと湿った摩擦音も響き、彼は高まりながら上から唇を重ねていった。

舌を挿し入れて滑らかな歯並びを舐め、ピンクの引き締まった歯茎《はぐき》までチロチロと探ると、彼女も歯を開いてネットリと舌をからませてきた。

その間も股間をぶつけるように激しい動きが続き、膣内の収縮が高まってきた。

「い、いきそう……」

メガネ美女が口を離し、淫らに唾液の糸を引きながら顔を仰け反らせて喘いだ。

その喘ぐ口に鼻を押し込んで嗅ぐと、甘い匂いに混じって淡いオニオン臭の刺激も感じられ、彼はゾクゾクと高まりながら胸を満たした。

女子大生の吐息を嗅いで鼻腔を湿らせながら抽送《ちゅうそう》を続け、危うくなると動きを弱めて長引かせた。

最初の頃は快感も自分本位だったが、今はすっかり少しでも長く味わい、相手をとことん昇り詰めさせる悦《よろこ》びに目覚めていた。

突き入れるよりも引く方を強く意識すると、張り出したカリ首の傘《かさ》が内壁を擦り、彼女も快感が増したように愛液を大洪水にさせていった。

原始時代は、亀頭のカリ首は前にした男のザーメンを膣内から掻き出すためにあったと言われている。

そして引く方を強くすると、女性も次に突き入れられる快感への期待が高まるようで、志保も激しく悶えはじめていた。

「い、いっちゃう……。アアーッ……！」

たちまち彼女が声を上ずらせ、ガクガクと狂おしいオルガスムスの痙攣を開始してしまった。

その収縮に巻き込まれ、続いて史郎も昇り詰め、

「く……！」

快感に呻きながら、ありったけの熱いザーメンをドクンドクンと中にほとばしらせたのだった。

「あう、感じる……！」

噴出を受け止めた志保が駄目押しの快感に呻き、彼は心置きなく最後の一滴まで出し尽くしていったのだった……。

3

「間もなくパパが退院するわ。ママも、迎え入れるアパートを探しているみたい」

訪ねてきた美鈴が史郎に言った。

もちろん彼女から、ラインで来ると連絡があったので、史郎はシャワーと歯磨きと隠し撮りの準備を整えていた。

「そう、大変そうだね」

史郎も複雑な気持ちで言った。

亜以子も、すっかり俊之を哀《あわ》れに思ったか夫に歩み寄り、また一緒に暮らすことを考えはじめているのだ。

すでに俊之は家も財産も失い、今は自己破産の申請中であろう。

そして俊之は、全てを失った代わりに妻の愛を取り戻すことになるのだろうか。

どちらにしろ史郎も、亜以子との仲が続くか切れるかという岐路《きろ》に立たされるときが近づいているようだった。

「私、もうパパとは暮らしたくないので、志保さんの部屋に住まわせてもらうかも知れないわ……」

美鈴が浮かない顔で言う。やはり狭いアパートで、年頃の娘が嫌いな父親と暮らすのは気が進まないのだろう。

「私、本当は入江さんに新しいパパになってもらいたかったんです」

「そんな、うまいこといかないよ。ママは、僕のことなんか好きじゃないだろうし」

史郎は、早く会話など終えて始めたいほど勃起しながら言った。

「でも、入江さんはママのこと嫌いじゃないでしょう？」

「それは、高校時代からの憧《あこが》れの人だったからね」

史郎は言った。

もちろん美鈴は、彼と母親が関係を持っているなど夢にも思っていないだろう。

そして美鈴も内心では、母親が尾羽打ち枯《おはうちか》らした父親を見捨てる性格ではないと分かっているのである。

「思いきって告白すればいいのに」

「そうはいかないよ。まあ、僕はいま美鈴ちゃんに夢中だからね。さあ脱ごうか」

史郎が言って脱ぎはじめると、美鈴も話を終えてブラウスのボタンを外しはじめた。

両親の行く末を心配しながらも、やはり芽生《めば》えたばかりの快楽が優先し、今日もそれが目的で来たのだろう。

やがて互いに全裸になると、彼は美鈴をベッドに横たえ、まず足の裏から舌を這わせはじめた。

「あう……！」

彼女は声を洩らし、ビクリと羞恥《しゅうち》に反応した。やはり足の裏からというのは思ってもいなかったのだろう。

舌を這わせると、美鈴はくすぐったそうにクネクネと下半身をよじり、すぐにも熱く息を弾ませはじめた。

志保も言っていたが、３Ｐは楽しいが一対一の方がときめくという気持ちは、美鈴も同じようだった。

縮こまった指に鼻を擦りつけて嗅ぐと、今日も蒸れた匂いが濃く沁み付いていた。

彼は匂いを貪ってから爪先にしゃぶり付き、汗と脂にジットリ湿った指の股に舌を割り込ませていった。

「アアッ、ダメ……」

美鈴が身悶えて言い、史郎は足首を摑んで押さえ、両足とも全ての指の股を貪り尽くしてしまった。

そして大股開きにさせ、脚の内側を舐め上げていった。

健康的にムッチリと張りつめた内腿に舌を這わせ、そっと噛《か》んで弾力を味わうと、

「あん……！」

美鈴がビクリと身を震わせて喘いだ。

「痛い？　ごめんね」

「ううん、もっと噛んでいいわ。見えない場所だから」

美少女に言われ、彼は思いきり歯形を付けたい衝動に駆られたが、軽く感触を味わうだけにして中心部に迫った。

ぷっくりした割れ目からはみ出す陰唇は、すでに内から滲む蜜に潤っていた。

堪《たま》らずに若草の丘に鼻を埋め込み、柔らかな感触を味わいながら嗅ぐと、生ぬるく蒸れた汗とオシッコの匂い、淡いチーズ臭も混じって悩ましく鼻腔が刺激された。

胸を満たしながら舌を挿し入れ、清らかなヌメリを味わい、快感を覚えはじめた膣口の襞を探った。

そして滑らかな柔肉《やわにく》をたどり、ツンと突き立ったクリトリスまでゆっくり舐め上げていくと、

「アアッ……！」

美鈴が熱く喘ぎ、内腿で彼の両頬《りようほほ》を挟み付けてきた。

史郎は舌先を左右に蠢かせ、チロチロとクリトリスを刺激しては、新たに溢れてくる蜜をすすった。

そして充分に味と匂いを堪能《たんのう》すると、彼女の両脚を浮かせて白く丸い尻に迫った。

谷間にひっそり閉じられたピンクの蕾に鼻を埋めると、顔中に双丘の丸みが密着して弾んだ。

蒸れた匂いを嗅いでから舌先で細かに震える襞を濡らし、ヌルッと潜り込ませて滑らかな粘膜を探ると、

「く……！」

美鈴が呻き、キュッと肛門で舌先をきつく締め付けてきた。史郎は執拗に舌を蠢かせ、美少女の粘膜を味わい、やがて脚を下ろすと再び割れ目に戻った。

大量の愛液を掬《すく》い取って味わい、クリトリスに吸い付くと、

「も、もうダメ。いきそう……」

美鈴が嫌々をして腰をよじった。

すでにクリトリスで果てるより、早く一つになりたい衝動の方が勝《まさ》っているようだ。

史郎も舌を引っ込め、股間から身を離して添い寝した。

そして美鈴の顔を下方へ押しやると、彼女も素直に移動していった。

股を開くと彼女は真ん中に腹這い、自分から先端にしゃぶり付いてきた。

粘液の滲む尿道口をチロチロと舐め、張りつめた亀頭を含んで、スッポリと喉の奥まで呑み込んでいった。

生温かく濡れた美少女の口腔に、彼の快楽の中心部が深々と含まれた。

「ンン……」

美鈴が熱く鼻を鳴らし、息で恥毛をそよがせながら幹を締め付けて吸い、口の中ではクチュクチュと舌をからめた。

「ああ、気持ちいい……」

史郎は喘ぎ、ズンズンと股間を突き上げると、彼女も合わせて顔を上下させ、濡れた口でスポスポとリズミカルな摩擦を繰り返してくれた。

「いいよ、跨いで……」

すっかり高まった史郎が仰向けのまま言うと、美鈴もチュパッと口を離して前進し、彼の股間に跨がってきた。

割れ目を押し当て、先端をゆっくり膣口に受け入れながら腰を沈めると、

「アアッ……！」

彼女が声を上げ、ヌルヌルッと根元まで嵌め込んで股間を密着させた。

史郎も、肉襞の摩擦と温もり、潤いと締め付けを味わいながら、股間に美少女の重みを受け止めた。

美鈴が、いくらも上体を起こしていられず、すぐに身を重ねてきたので、彼も両手で抱き留め、両膝を立てて蠢く尻を支えた。

まだ動かず、潜り込むようにして乳首に吸い付き、舌で転がしながら顔中で膨らみの張りを味わうと、

「い、いい気持ち……」

美鈴が声を洩らし、自分から徐々に腰を動かしはじめていった。

史郎は滑らかな摩擦を味わいながら、左右の乳首を舐め回し、さらに腋の下にも鼻を埋め込み、生ぬるく甘ったるい汗の匂いに噎《む》せ返った。

そして充分に刺激を受けると、彼もズンズンと股間を突き上げはじめた。

「あう……、すごいわ……」

奥まで突かれ、美鈴が大量の愛液を漏らしながら呻いた。潤いで動きが滑らかになり、クチュクチュと摩擦音を響かせながら膣内は収縮を高めていった。

彼は下から美鈴の顔を抱き寄せ、ピッタリと唇を重ね、グミ感覚の弾力と唾液の湿り気を味わい、舌を挿し入れていった。

滑らかな歯並びを舐め回し、開いた歯の間から舌を探ると、

「ンンッ……」

美鈴も熱く呻いて、チロチロと滑らかに舌をからませてくれた。

突き上げを強めていくと、

「アア……。い、いきそう……」

美鈴が口を離して熱く喘ぎ、彼は美少女の吐き出す湿り気ある息を嗅ぎ、甘酸っぱい匂いで鼻腔を満たした。

彼女も史郎の鼻の頭にしゃぶり付いて惜しみなく熱い息を与えながら、次第にヒクヒクと肌を波打たせはじめた。

彼ももう堪らなくなり、美少女の果実臭の吐息と肉襞の摩擦の中で激しく昇り詰めてしまった。

「く……!」

大きな快感に貫《つらぬ》かれながら呻くと同時に、熱い大量のザーメンがドクンドクンと勢いよく内部にほとばしった。

「いく……。アアーッ……！」

噴出を感じると、美鈴も声を上ずらせ、ガクガクと狂おしいオルガスムスの痙攣を開始した。

史郎が快感を味わいながら、心置きなく最後の一滴まで出し尽くし、徐々に動きを弱めていくと、

「ああ……」

美鈴も満足げに声を洩らし、肌の硬直を解きながらグッタリと体重を預けてきた。

膣内の彼自身は、締め付けに刺激されてヒクヒクと過敏に震えた。

そして史郎は美少女の重みと温もりを受け止め、甘酸っぱい吐息を胸いっぱいに嗅ぎながら、うっとりと快感の余韻に浸り込んでいった……。

4

「それで、今は六畳一間のアパートに二人で暮らしはじめたのか」

「ええ……」

マンションを訪ねてきた亜以子に史郎が訊くと、彼女は小さく頷《うなず》いた。

やはり娘の美鈴が父親との狭い部屋での同居を嫌い、先輩である志保の部屋に転がり込んだらしい。

どうやら亜以子も、すっかり気弱になり意気消沈している俊之の面倒を見て、よりが戻ったようだ。

それでも、肉体の方はこうして史郎を求めてくるのだから、彼は期待に激しく勃起してきた。

当然ながら俊之も、もう亜以子を抱く気力もないのだろう。

もちろん史郎は今日も、隠し撮りのセットは済んでいる。

「もう今日から、お金は要りません。いつでも呼び出しに応じますから……」

亜以子が恐る恐る言った。

「それで？」

「その代わり、うちの会社を買い取ってもらえませんか。あなたが経営者で」

「それで、奴を社員にか」

「ええ、うちの人が賭《か》け事《ごと》や他の無駄遣いさえしなければ、今までも経営はうまくいっていたんです。堅実なあなたと私の補佐があれば、きっと順調にいくので、どうかお願いします」

言いながら、亜以子は深々と頭を下げた。

聞けば、五千万ほどで買い取れるようで、それぐらいの余裕はまだ史郎にはあった。

そして史郎も、今のまま何もせず日々を過ごしていることに飽きはじめていたのも事実である。

「奴を部下にしてコキ使うか、それもいいかもしれないな……」

「本当？」

彼が呟《つぶや》くと、亜以子が顔を輝かせた。

「考えておこう」

「すぐにも安心させたいの」

「まだだ。考えておく。とにかく脱ごう」

史郎が言って脱ぎはじめると、亜以子も小さく嘆息《たんそく》し、まず好感触だったと思って黙々と脱ぎはじめていった。

みるみる白い熟《う》れ肌《はだ》が露わになってゆくと、生ぬるく甘ったるい匂いが漂った。

たちまち一糸まとわぬ姿になると、彼は亜以子をベッドに仰向けにさせ、まずは足裏に顔を押し付けていった。

今日も亜以子は言いつけを守り、シャワーは浴びていない。

踵から土踏まずに舌を這わせ、形良く揃《そろ》った指の間に鼻を押し付けて嗅ぐと、やはりそこは生ぬるい汗と脂に湿り、蒸れた匂いが濃く沁み付いていた。

すっかり馴染《なじ》んだ匂いに鼻腔を刺激されながら胸を満たし、彼は爪先にしゃぶり付いて全ての指の股に舌を割り込ませた。

「あう……」

亜以子がビクリと反応し、か細く呻いた。

彼女も、すっかり史郎の愛撫のパターンを知り尽くしただろうが、逆に熟れ肌の反応は日ごとに激しくなっていくようだ。

彼は左右とも全ての指の間をしゃぶり、味と匂いを貪り尽くした。

そして大股開きにさせ、脚の内側を舐め上げていった。

白くムッチリとした内腿をたどり、熱気の籠もる股間に迫ると、割れ目からはみ出した陰唇がヌラヌラと愛液に潤っていた。

やはりいつもながら、心根とは裏腹に快楽への期待で、否応《いやおう》なく肉体が反応しているのだった。

顔を埋め込み、柔らかな茂みに鼻を擦りつけて嗅ぐと、今日も汗とオシッコの混じった匂いが濃厚に籠もり、悩ましく鼻腔を刺激してきた。

史郎はうっとりと胸を満たしながら、舌を挿し入れていった。

かつて美鈴が生まれ出てきた膣口の襞をクチュクチュ掻き回すと、淡い酸味のヌメリが舌の動きを滑らかにさせた。

熟れた味と匂いを堪能しながら、滑らかな柔肉をたどってクリトリスまで舐め上げていくと、

「アアッ……！」

亜以子がビクッと顔を仰け反らせて熱く喘ぎ、内腿でキュッときつく彼の両頬を挟み付けてきた。

史郎は豊満な腰を抱え込んで押さえ、執拗にチロチロとクリトリスを刺激しては、泉のように溢れてくる愛液をすすった。

舐めながら見上げると、白い下腹がヒクヒクと波打ち、巨乳の間から彼女が目を閉じて仰け反る表情が見えた。

もう今は様々な思いを心の片隅へと追いやり、快楽のみに専念しているのだろう。

さらに史郎は彼女の両脚を浮かせ、白く豊かな尻に顔を埋め込んでいった。

顔中に密着する双丘の弾力を味わいながら、薄桃色の可憐な蕾に鼻を押し付けると、ほのかに蒸れた微香《びこう》が籠もり、鼻腔が刺激された。

舌を這わせ、細かに息づく襞を濡らしてからヌルッと潜り込ませると、

「く……」

亜以子が呻き、肛門で舌先を締め付けてきた。彼は執拗に舌を蠢かせ、淡く甘苦い粘膜を味わった。

そして小刻《こきざ》みに出し入れするように蠢かせると、鼻先の割れ目からトロトロと大量の愛液が溢れてきた。

それを舐め取って脚を下ろし、もう一度割れ目を舐め回してから身を起こした。

まずは一度入れたくて、股間を進めてゆき、先端を割れ目に擦りつけた。

充分に潤いを与えてから、張りつめた亀頭を膣口に押し込んでいくと、

「あう……！」

亜以子が呻き、キュッときつく締め付けてきた。

彼はヌルヌルッと根元まで挿入し、心地よい肉襞の摩擦と温もりを味わい、股間を密着させて身を重ねた。

屈《かが》み込んで乳首に吸い付き、舌で転がしながら顔中で巨乳の感触を味わい、左右とも存分に愛撫した。

「ああ……。お願い、突いて……」

すっかり燃え上がった亜以子がせがみ、下から両手でしがみついてきた。そして待ち切れないようにズンズンと股間を突き上げはじめたのだ。

以前は、早く終えたくて自分から動くことはあったが、今は本心から快楽を味わいたい勢いが伝わってきた。

しかし、まだ史郎は果てる気はない。中での射精は、おしゃぶりとオシッコプレイのあとだから、今は単に感触と温もりを味わっているだけである。

両の乳首を味わってから、彼は亜以子の腕を差し上げて、生ぬるくジットリ湿った腋の下に鼻を埋め込み、甘ったるい汗の匂いに酔いしれた。

その間も亜以子の突き上げは続き、膣内の摩擦と、コリコリする恥骨の膨らみまで艶《なま》めかしく彼を刺激してきた。

史郎は彼女の白い首筋を舐め上げ、上からピッタリと唇を重ねた。

柔らかな感触を味わい、熱い鼻息で鼻腔を湿らせ、舌を挿し入れて滑らかな歯並びを左右にたどった。

「ンンッ……」

亜以子が呻き、ネットリと舌をからめてきた。彼も滑らかに舌を蠢かせ、生温かな唾液に濡れた感触を味わった。

「アア……、いきそう……」

亜以子が息苦しくなったように口を離し、顔を仰け反らせて喘いだ。

吐き出される息が甘い白粉臭《おしろいしゅう》を含んで、彼の鼻腔を悩ましく刺激してきた。

すっかり馴染んだ匂いだが、やはり飽きることはなく、嗅ぐと今にも射精しそうに高まってしまった。

やがて彼はしがみつく亜以子の腕を振りほどいて身を起こし、ヌルッとペニスを引き抜いた。

「あう……」

絶頂間近で快楽を中断された亜以子が、不満げに呻いた。

「立てるか。バスルームへ行こう」

史郎は言ってベッドを降り、彼女を支えながら引き起こした。

逆らうことのできない亜以子は、フラつきながらも、渋々寝室を出てバスルームへと移動した。

彼は床に腰を下ろし、目の前に亜以子を立たせた。

そして片方の足を浮かせてバスタブのふちに乗せさせると、彼女も壁に手をついて身体を支え、されるままになった。

「出してくれ」

開いた股間に顔を埋めて言うと、すっかり心得ている亜以子も息を詰め、下腹に力を入れて懸命に尿意《にょうい》を高めた。

まだシャワーも浴びていないので、彼は濃厚な匂いの籠もる茂みに鼻を埋め、舌を這わせて愛液を舐め取りながら待った。

たちまち、奥の柔肉が迫《せ》り出すように盛り上がり、味わいと温もりが変化してきた。

「あう……、出るわ……」

亜以子が息を詰めて言うなり、チョロチョロと熱い流れがほとばしってきた。

史郎は口に受けて味わい、喉を潤してうっとりと酔いしれた。

「アア……」

亜以子が切なげな声を洩らしながら、勢いを増して放尿《ほうにょう》した。口から溢れた分が温かく肌を伝い、激しく勃起しているペニスが心地よく浸された。

間もなく流れが治《おさ》まると、彼は残《のこ》り香《が》の中で余りの雫《しずく》をすすり、新たに溢れる愛液を味わった。

「も、もう……」

亜以子が足を下ろしたので、史郎はシャワーの湯を出し、割れ目の潤いを洗い流さぬ程度に軽く浴びせた。そして身体を拭《ふ》き、再びベッドに戻ったのだった。

5

「ここから舐めてくれ」

ベッドに仰向けになった史郎は、股間に座った亜以子に言い、足裏を差し出した。

彼女も突き出された足を両手で包み込むように支え、無表情に足裏に舌を這わせはじめてくれた。

さっきの高まりも、シャワーを浴びてすっかり冷めているようだ。

そして彼が爪先を亜以子の口に押し付けると、彼女も眉《まゆ》をひそめながらしゃぶり付き、指の股に順々に舌を割り込ませてきた。

毎回自分が念入りにされていることだし、まして洗っていないのにしゃぶってもらっているのだ。以前にもしたことがあるとはいえ、やはり抵抗があるのか、舌の蠢きはぎこちなかった。

その嫌々感がゾクゾクと史郎を高まらせ、清潔な舌がヌルッと指の股に割り込んでくるたび、彼は快感に酔いしれた。

やがて両足とも、全ての指の股を舐めてもらうと、彼は足裏で巨乳を揉《も》み、コリコリと感じる乳首を味わった。

そして大股開きになると、彼女も心得て屈み込み、脚の内側を舐め上げて股間に顔を迫らせてきた。

「嚙んで……」

言うと亜以子も大きく口を開き、内腿をキュッとくわえ込んでくれた。

「あう、もっと強く……」

甘美な刺激に呻いて言うと、亜以子もやや力を込め、左右の内腿を嚙んでくれた。

気が済むと史郎は自ら両脚を浮かせて抱え、亜以子の鼻先に尻を突き出した。

彼女も尻の丸みに舌を這わせ、軽く歯を食い込ませてからチロチロと肛門を舐め、熱い鼻息で陰嚢をくすぐった。

充分に濡らしてからヌルッと舌を潜り込ませてくると、

「く……」

史郎は快感に呻き、モグモグと味わうように肛門で美女の舌先を締め付けた。

内部で舌が蠢き、ようやく気が済んで脚を下ろすと、彼女も自然に舌を移動させて陰嚢をしゃぶってくれた。

二つの睾丸を舌で転がし、袋全体が生温かな唾液にまみれると、彼はせがむように幹を上下させた。

亜以子も身を乗り出し、震える肉棒の裏側をゆっくり舐め上げて先端まで来た。

指で幹を支えると、粘液の滲む尿道口をチロチロと探り、張りつめた亀頭全体にも滑らかな舌が這い回った。

そして丸く開いた口でスッポリと喉の奥まで呑み込むと、幹を締め付けて吸い、口の中ではクチュクチュと満遍なく舌がからみついてきた。

「ああ……」

史郎は快感に喘ぎ、美熟女の温かく濡れた口の中で、清らかな唾液にまみれた幹をヒクヒク震わせた。

ズンズンと股間を突き上げると、

「ンン……」

喉の奥を突かれた亜以子が小さく呻き、さらに大量の唾液を溢れさせながら、自分も顔を上下させてスポスポとリズミカルな摩擦を繰り返してくれた。

彼もすっかり高まると、亜以子の手を引っ張った。

彼女もスポンと口を離し、引き寄せられるまま前進して跨がってきた。

自分から幹に指を添えて、唾液にまみれた先端に割れ目を押し当てると、位置を定めてゆっくり腰を沈み込ませていった。

たちまち張りつめた亀頭が潜り込むと、あとはヌルヌルッと滑らかに根元まで呑み込まれた。

「あう……！」

亜以子が顔を仰け反らせて呻き、ピッタリと股間を密着させながらキュッと締め上げてきた。

史郎も肉襞の摩擦と温もりに包まれ、快感を味わいながら両手で彼女を抱き寄せた。

亜以子が身を重ねると、胸に巨乳が押し付けられて心地よく弾んだ。

彼は両膝を立てて豊満な尻を支え、ズンズンと股間を突き上げはじめた。

「アア……！」

亜以子もすぐに熱い喘ぎ声を洩らし、すっかりさっきの高まりを取り戻したようだ。

「唾《つば》を……」

熱く甘い吐息を嗅ぎながら言うと、亜以子も懸命に唾液を分泌《ぶんぴつ》させて形良い唇をすぼめ、顔を寄せてクチュッと唾液を垂らしてくれた。

白っぽく小泡の多い粘液を味わい、うっとりと喉を潤しながらリズミカルに股間を突き上げ続けると、

「ああ……。い、いきそう……」

亜以子が、膣内の収縮と潤いを強めながら口走った。

「好きって言ってくれ」

高まりながら言うと、亜以子も少しためらいながら答えた。

「好き……」

嘘と分かっているので嬉しくはない。

「本当のことを言って、強く唾を吐きかけてくれ……」

言うと彼女も、腰の動きを速めながら、

「この世で一番嫌いよ」

言うなり、強くペッと唾液を吐きかけてくれた。

嫌いなのに昇り詰めようとしている様子に、彼は激しく絶頂を迫らせた。

熱くかぐわしい吐息とともに、生温かな唾液の固まりがピチャッと鼻筋を濡らし、そのまま彼は亜以子の顔を引き寄せ、喘ぐ口に鼻を押し込んだ。

「しゃぶって……」

言うと亜以子も惜しみなく白粉臭の息を吐きかけながら舌を這わせ、鼻全体を舐め回してくれた。

唾液と吐息の混じった濃厚な刺激で鼻腔を掻き回され、たちまち彼は摩擦と匂いに包まれながら昇り詰めてしまった。

「い、いく……！」

大きな絶頂の快感に貫かれて口走り、ありったけの熱いザーメンをドクンドク

ンと勢いよくほとばしらせると、

「アアーッ……！」

奥深い部分に噴出を感じた途端、彼女も激しく声を上げ、ガクガクと狂おしいオルガスムスの痙攣を開始した。

収縮が最高潮になり、史郎も激しく股間を突き上げ、快感を嚙み締めながら心置きなく最後の一滴まで出し尽くしていった。

すっかり満足しながら徐々に突き上げを弱め、力を抜いていくと、

「アア……」

亜以子も満足げに声を洩らし、熟れ肌の強ばりを解きながらグッタリともたれかかってきた。

美熟女の重みと温もりを受け止め、互いに完全に動きを止めても、まだ膣内は名残惜しげな収縮を繰り返していた。

刺激されるたび、過敏になったペニスがヒクヒクと内部で跳ね上がり、

「あう……」

亜以子も敏感になって呻きながら、キュッときつく締め上げてきた。

なおも史郎は彼女の喘ぐ口に鼻を押し付け、唾液と吐息の混じった悩ましい匂

いで胸を満たしながら、うっとりと快感の余韻に浸り込んでいった。

重なったまま荒い呼吸を混じらせ、史郎は賢者タイムに入った。

（会社を買い取るか……）

確かに、一から未知な業種で起業するよりも、すでに軌道に乗っていた俊之の会社を引き継ぐ方が安全だろう。

浪費癖のある経営者が引退して平社員となり、仕事を熟知している亜以子が補佐してくれれば、すぐにも新たなスタートが切れるに違いない。

ここは一つ、落ちぶれ果てた俊之を見捨てるより、雇用して恩を売っておくのも良いかも知れない。

もう奴も、若いＯＬに手を出すような気力もないだろう。

「よし、社を買い取ることにしよう」

「本当……？」

呼吸を整えて言うと、亜以子も夢から覚めたように顔を上げ、同時に再び膣内がキュッときつく締まった。

「ああ、だがこっちは素人《しろうと》だ。手続きなどは全て君が段取りしてくれ」

「ええ、分かりました……」

言うと亜以子が答え、心から安堵《あんど》したように、再び遠慮なく体重を預けてきた。

「感謝します。本当に有難う……」

「ああ、だがこれから一番大変なのは君だ。実質的な経営者だからな」

「大丈夫、今までしてきたことだから……。今日すぐにも手続きにかかるわ。一緒に銀行に来て……」

言いながら亜以子は、余程嬉しかったのか涙ぐみ、微《かす》かに鼻をすすった。

その湿った鼻の穴を舐めると、生温かな潤いは彼女自身の愛液とよく似たヌメリと味わいがあった。

賢者タイムを終えた史郎は新たな興奮が湧《わ》き上がり、膣内で再びムクムクと回復してしまった。

そしてズンズンと股間を突き上げはじめると、

「あう……」

亜以子は声を上げ、本当はシャワーを浴びて早く手続きに出かけ、同時に俊之も安心させたいのにと思いつつ、再び腰を遣いはじめたのだった。

(まあ、亜以子にはいつまでも人妻のままでいてもらった方が燃えるな……)

すっかり淫気を甦《よみがえ》らせた史郎は思い、そのまま勢いをつけて抜かずの二発目に入っていったのだった。

双葉文庫

む-02-55

ツンデレ巨乳妻《きよにゆうづま》

2021年8月8日　第1刷発行

【著者】
睦月影郎《むつきかげろう》

【発行者】
箕浦克史
【発行所】
株式会社双葉社
〒162-8540 東京都新宿区東五軒町3番28号
［電話］03-5261-4818(営業)　03-5261-4833(編集)
www.futabasha.co.jp(双葉社の書籍・コミックが買えます)
【印刷所】
中央精版印刷株式会社
【製本所】
中央精版印刷株式会社

【フォーマット・デザイン】
日下潤一

ISBN978-4-575-52493-2 C0193
Printed in Japan

双葉文庫